博客思出版社

前朝之媧

莊惟傑 著

目錄 Contents

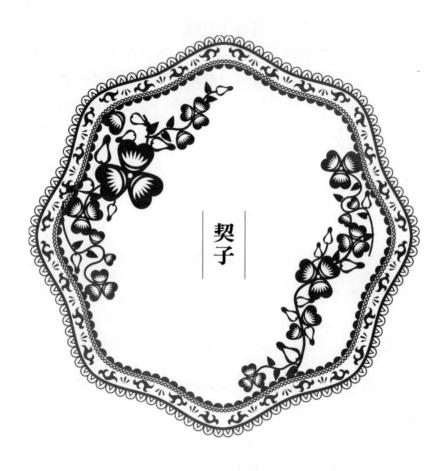

契子

相傳在這世上有一位曠世佳人，她的美貌能夠讓人不惜一切，只為博取那動人的一笑。

古時有一位帝皇，在外出打獵時偶遇了這位美人。她美麗的容顏令有了天下一切的皇上，不惜傾盡了一切所有來追求，不論是各式珠寶還是翡翠白玉。儘管他傾盡了一切，她依然高冷就如同冰霜，對眼前的一切絲毫不感興趣。

面對使節一次次送來的珍貴首飾，略帶花朵香氛的胭脂。由珍貴絲綢所編織而成的衣裳，彷彿一切事物她都索然無趣。她冰冷的眼眸，能夠讓與之對上眼的男人為她而著迷。

她那輕蔑的一語，便人讓世間男人為此神魂顛倒。

她那如淨瓷般的肌膚，看上去並不像是人能擁有的。而是比完美中的完美還要無疵，傳聞有人曾說過這位美人，並非為人。

也有傳聞曾提過，她是女媧的後裔，因此才擁有那能令人神魂顛倒的姿色。也有人曾提起過，也許這位美人並不是女媧，也不是什麼佳人而是妖。

據說美人那冰冷的眼眸，是一種妖術，當男人的視神與之交會後，便會被奪去靈魂。

但又有個傳言中曾提起過，她的冰冷起自於她的遭遇，美人之所以如此的美豔動人。她曾是豪門出生，甚至於是當時宋國的高貴公主，而那一場動亂，使宋國慘遭滅頂之災。貴為公主的美人，在親衛的庇護下成功逃脫，並且成為了唯一的倖存者。

　　相傳古時有個小國名為宋，賢明的帝王深得民心，治理國序懂得民間之苦。與那些昏君相比相差甚遠，在治國上可說是百年難得的賢明君王。而這位公主，則是宋高祖與女媧相戀所誕下的子嗣，相傳皇后娘娘美如天仙。

　　當時許多的諸侯都虎視眈眈的望著宋國，據說當發生了一場飢荒。正當長期的飢荒，使得國力不堪一擊時，周圍的諸侯們紛紛對宋國發起了侵略。

　　當諸侯的軍隊殺入皇城內，眼看高牆上美人近在眉睫之內，諸侯露出了那滿懷惡意的微笑。此時諸侯的軍隊開始向前邁進，當大軍兵臨城下之時，宋王帶領著僅存的將士駐守於此。

　　對著襲來的諸侯發起了最後的抵抗，伴隨著一陣吶喊，雙方的軍隊於血海中相互廝殺！誓死效忠的軍人以生命為代價，抵禦那些如狼般的侵略者，萬箭傾瀉而下無數人就此殞命。

契子

宋王慘遭利刃刺穿胸膛，發起衝鋒的將士們無一生還，女媧見愛人為己而死，悲憤之下自刎而亡。眼見宋國將亡，窮途末路的衛兵們，顧不上公主的悲傷，拚勁一切將她送出城外。

　　路途上追兵無數，儘管是毫無勝算的戰鬥，忠誠的人們依然無所畏懼。即使面對強敵，將士依然慷慨赴死，只聞隊長如此的高喊：「宋國未亡，眾將士聽令！」

　　「國難當前，敗逃者斬！」

　　「為了皇上！」

　　「我們必須擊退那些侵略者！」

　　在那場盡乎瘋狂的突圍中，只見那群身披鎧甲的亡國將士，以血肉之軀衝向敵人的劍刃。殘破不堪的身軀，流淌著灼熱的鮮血，心中那誓約的榮耀，是絕不容許他們放棄那一曙光芒的。至此那些為了榮耀而赴湯蹈火的士兵，在生命的最後燃盡了最後的怒火。

　　當箭矢如潮水般湧來時，那些護衛們眼裡沒有絲毫的恐懼，哪怕僅僅突圍就失去了幾乎所有人。在面對無數追兵的追擊戰裡，那些死侍們心中毫無任何的遺憾。守成將士拔出刀劍，與侵略者展開了激烈混戰，即使實力懸殊，

前朝之媧

卻沒有人願意為此低頭。那天皇城內無數將士，將最後的忠誠獻給了他們以逝的君王。

　　侵略者的軍隊，掃蕩著城內依舊頑強抵抗的士兵，箭矢、槍刃、那冰冷的銳器逐漸的，收割著城內僅有的抵抗勢力，背水一戰的軍官騎著戰馬，揮舞著軍旗向前衝鋒！侵略者的軍隊攻入了皇城，可惜那一片赤膽忠心，並無法挽回曾經的帝國。

　　趁著火光與煙塵瀰漫著京城，那是最後一輛離開此城的馬車。正面戰場已全面潰敗，城內的抵抗軍早已覆滅，僅剩的士兵逐一地倒下，顯然他們敗了。但憑藉著頑強的意識，沒人為此感到絕望和悲傷，嘴角掛著一絲笑意……倒下的軍士，依然效忠於他的君王。

　　可隨著光陰荏苒，過往的歷史早已無人問津，關於她的停辛擝苦，如今只存在於說書人的故事當中。護衛們那死守誓約的精神，也隨著女媧的故事而流傳至今。更多關於她的故事並非史實，那些玄幻的故事純屬於民間遐想。公主名曰研綺，其名字具有美麗、心思細膩、和美好之意。

契子

第一章

——

將軍與大盜

歷史上南唐上國曾稱霸一方，如今國已破山河，屹立在古都中的老樹逐漸凋零。根據史書所記載，驀然回首回憶起過往那曾是一個太平盛世的年間。

　　兵強馬壯的南唐上國，憑藉著強大的軍隊建立起了穩定的政權，並帶來了一個和平的時代。

　　修建起的商路替南唐上國帶來了更豐厚的資產，並促進了國與國之間的貿易發展。文武雙全的護國大將若松，更是不分春夏秋冬鎮守於都城內。

　　他身手矯健自由地穿梭在敵人的刀劍中，用著那宛如優雅舞姿般的身法，躲避了所有襲來的劍刃。並且能夠在剎那間給予敵人最大的慈悲，他那錦繡劍做工精美就如同他那優雅的舞姿般。

　　華麗卻又不失風度，能夠沉著的面對一切，披著一頭烏黑長髮的若松，看似一位斯文的富家公子，實則乃是南唐上國護國大將，猶如洞悉所有事物似的，他總能夠在蛛絲馬跡中知曉一切。

　　若松是一位愛戴部下的將軍，其手下有著一批忠心耿耿，願意為己赴湯蹈火的士兵。

第一章

但作為大將的他，卻又與那些身材魁梧的將士不同，若松從不過問朝政也不沉迷與女色。平日裡只對手中的詩書飽含興致，面對投懷送抱的佳人，能夠絲毫不動心的冷冷推開。有人曾説過也許若松將軍，是喜歡男人的，因此才對於愛慕著自己的女性如此的冷淡。閱讀詩書的他十分的俊美，看似男人的外表下，卻又有著宛如女人纖細的肌膚。平日裡行事低調，對於錢財與官職不感興趣，對他而言只有書中的典範，才是自己所嚮往的。

　　只要是為了珍貴的詩書，哪怕是得穿梭在箭雨之中，奔入萬劍之海，為此四處征戰也在所不惜。若松也正是這樣當上護國大將的，因為不求功名僅接受命令，只收常規的軍賞和詩書。與其將大軍託付給有著雄厚野心的部下們，賢明的皇上必然是不會聽信那些馬屁精的屁話。並將軍令賜予了這位從不干預國政，對國家忠心的將軍。對若松而言哪怕是皇上的聖旨，甚至遠遠不及手中的小説。

　　曾有一次在朝廷上，當眾人都在等候這位將軍凱旋歸來時，若松直接忽視了皇上的召見，慵懶的躺在菩提樹下閱讀詩文。害怕皇上遷怒的部下，見此甚至於跪下不斷的懇求，演出一哭二鬧三上吊！才好不容易讓這位若松將軍前往大殿在馬車上，哪怕是將面對朝廷上的文武百官，他

依然淡然的看著詩書。

並在踏入殿堂前還感嘆道：「這還真是一曲好詩啊！」

「大人！眼前的就是大殿了，皇上與眾大臣正在裡面等候著你！」一旁的衛兵趕緊提醒自己的將軍。

要是再看下去就真的得出事了！護國大將輕蔑聖旨，蔑視朝廷，忽略那朝上的文武百官和一國之君！要是真的發生這種事情的話，恐怕不僅是將軍就連自己也得慘遭誅九族吧！

「請放下手中的詩書吧！那幾本書，是無法帶進大殿欣賞的！」說完後一旁的護衛便上前奪走了那本書。

「切，掃興的傢伙……」若松皺緊眉頭，不悅的碎念道。

最終在眾人的努力下，被奪走書籍的若松這才不悅的走進大殿，為此他的部下們都捏了把冷汗。

但南唐上國的皇帝，其實根本不在意，數年深厚的交情，令這位皇帝包容了他的一切。可最後一場大病帶走了，那位賢明的君王。接替他的上位者是他的子嗣，南唐上國的皇太子，但這位太子與其父親相差甚遠。對治國絲毫不

感任何的興趣，整天沉迷於酒色與脂粉之中。從不過問民間百姓所苦，將自己封閉於宮殿裡。艷麗的煙花，美酒和佳人伴隨於左右，數日夜裡宴會無數，為此甚至消耗了大量的白銀。

因厭惡花園中的蜜蜂，甚至令人將整座庭院焚毀重塑，對此若松不聞不問。直到飢荒的發生，最終導致各地叛亂百姓起義，各處戰火燎燎，再加上貪官使得國家內憂外患。宛如病入膏肓的癌症病患，正在死亡的邊淵中垂死掙扎著。

面對走投無入而發起叛亂的人民，這位皇太子踏上了一條昏庸的不歸路。 他令軍隊以鐵甲之軀，輾過那些手無寸鐵的農民，身不由己的人民看著自己的皇上如此地「善待自己！」更是怒火中燒，眼見有利可圖的諸侯，正是趁著動亂對此發起了侵略戰。

「將軍⋯⋯叛軍已殺至城外，那些都是手無寸鐵為了生活才起義造反的百姓啊！」其實他從一開始便知道，那些貪汙的官宦和昏庸的皇帝，會讓國家變成如今這副模樣。

但無奈他沒有任何的志向，即使洞悉一切，但周圍的大臣與諸侯都各懷鬼胎，也不知如何是好。在最後那一場戰役裡，出生貧苦的若松熟悉民間之苦，因此並沒有將刀

刃揮向百姓。而是靜靜的坐在椅上，品味著手中經典讀物。

「若松將軍！皇上令你擊退城外的叛軍！」一旁的大臣對此勃然大怒，然而他卻絲毫不予任何回應。似乎對眾人的咆嘯感到些許的不耐煩，一向溫文儒雅的護國大將少有的生氣了。

「昏君！我的部下早已在外替你面對那群走投無路的百姓！」

「當你父皇還在世時，這都是不可能發生的事，你難道還不明白嗎？」

「當你沉迷於女色時，百姓們飢腸轆轆的向官員們尋求幫助，然而那群貪官們卻置之不理！」

「這些都是由於你無能的國政所致！才會導致如今的場面，你卻還要我護國將軍為你而戰？」

「我們護國軍，是守護南唐上國的軍隊！不是屬於你的奴僕！」

也許一開始他是對此毫無任何決策的，但當百姓受苦屬下為此憤而不平傾訴時，他有了些許的改變。

第一章

「大膽狂徒！來人！」伴隨著大臣的呼喊，幾名禁衛軍緩緩地朝若松走來。

　　「殺了這叛徒！能取首級者朕重重有賞！」憤怒的皇帝大吼道。

　　面對若松一言，在場的禁衛軍們紛紛拔了佩劍走向了這曾經的護國大將。

　　見此，將軍的護衛紛紛拔出劍刃，雙方在朝上彼此相互對視著。直至，「保護將軍大人！」護衛緊握刀劍，迎向了襲來的禁衛軍。

　　此刻場面十分的混亂，只見披甲御林軍和皇帝禁衛軍於大殿上展開了慘烈的戰鬥。

　　一旁原本還指責若松的大臣，面對如此騷亂紛紛逃向了遠處！門外的禁衛軍緊接而來，將殿內的若松等人圍了起來並發起攻勢。即使是到了這個地步，若松依然在沉思，靜靜地想著接下來該做點什麼才好？但看著自己的士兵，早已為了自己拔劍迎向襲來的敵人時，他早已不再猶豫。

　　身經百戰的沙場戰士們，各個武力高強，哪怕是面對精銳的禁軍！依然能打得不分上下。身穿銀色鎧甲的護衛，

前朝之媧

和隸屬於皇帝的禁衛軍，雙方人馬打得難分難捨！

刀刃的碰撞聲渾然作響，在外的屬下們聽見了風聲也聞訊而來。只見一群身著重甲的士兵破門而入，用刀刃與長槍攻向圍阻著眾人的禁衛軍。那怕只有一瞬間，戰局便被瞬間扭轉了。箭矢迎面齊射，哪怕是最堅硬的鎧甲，仍無法阻擋箭雨！

「為了將軍而戰！」士兵們前仆後進的衝入大殿裡，頓時鮮血四溢。

原本還略佔優勢的禁衛軍，面對襲來的軍隊深陷劣勢之中。利劍劃破咽喉、長槍貫穿身軀！僅一波衝鋒那些銀鎧將士，便擊潰了禁衛軍防守。士兵由內而外的，將禁衛軍團團圍住，金甲戰士倒在了血泊當中。

眼見事態已到了如此。若松一躍而起，身手敏捷地穿越了交戰中的軍隊，憑藉著一身的輕功。以迅雷不及掩耳的速度，來到了皇上身前。並且在剎那間以繡刀刺入昏君心臟！殺死了自己所效忠的皇帝。

「叛徒……！」即使到了死亡面前，這位昏庸的君主，仍無法認知自己的過錯。此時處於劣勢的禁軍也逐漸地敗下陣來，被逐圍剿、擊殺。

第一章

「將軍！」一位兵長來到了若松面前，行了個揖禮等候著命令。

「打開糧倉與國庫，將錢財與糧食分發給城外的百姓，並令所有城內護國軍繳械而降，皇帝已死！」

「蒼天已死，無須驚恐！民必將重掌天下，敞開城門！告誡那些叛軍，我們無意與之戰行」隨後，軍隊們放下刀械，卸下重甲，並且開啟了糧倉與國庫，贈與了那些百姓們。至此暴亂正式結束，昏庸的皇帝已死，這個國家將再次改朝換代，徹頭徹尾重新來過。

而這位將軍則是默默地隱居，傳言中有人曾説過若松成為了行俠仗義的俠客。又有人説他淪為強盜，還有些傳聞裡，他成為了遊歷於各國之間的大盜。專處理危害任何世間妖物，竊取宦官們的資產，並分給那些身受其害的百姓。

「各位客官，接下隔日再次講述這位護國大將的故事！」説書人邊説，邊收取著客人的賞賜。

「不錯」身著渾身漆黑的公子，賞給了説書人一枚銅錢。

而這位穿著漆黑衣物的公子，正是若松將軍。他走出了客棧，昔日的繡劍依然伴隨在自己身旁。背上小布袋，

前朝之娟

若松走向了遠處，他的目的地是一處傳聞有妖孽作祟的小山。

相傳在這村落以北十六里外有一座霧山，此山深處煙霧繚繞，彷彿有一座霧牆將中心點給圍起，若是不甚誤入此地，便會迷失方向在霧中度過一段時間，也許一日也與十日更也許，從此世上再無此人。

而他此刻的目的，便是這座迷霧山的迷霧深處，據說在宋國滅亡前霧山並不叫做霧山。反之是個和迷霧絲毫無關的名字，青山綠意盎然有著翠綠的花草，枝繁葉茂的樹林。顯然是座生機勃勃的高山，平日裡百姓會到此踏青，採集野菜或是取點柴火回去。當迷霧出現前，人們會頻繁的來到這山裡，而當迷霧與失蹤傳聞逐漸擴散開來後。青山被世人們稱為了霧山，剩少數人不畏懼迷霧的詛咒，不信鬼怪之說，最終茫茫白霧裡失蹤了，不知過了多久。

當村里的人再次看見此人時，他早已變得瘋瘋癲癲的，看起來瘦骨如柴不知在迷霧中徘徊了多久。

若松來到了迷霧當中，在迷霧裡他的視線僅能看見一步的距離。不論怎麼想，這裡看上去都像是某種屏障，而絕非自然產生的奇景。

第一章

「不過，既然不是自然形成，難道是妖嗎？」想到這裡若松抽出了佩劍。沒有熱氣，那麼就代表這些迷霧並非硫磺所生，那麼會是什麼呢？

若松一邊想著，一邊朝著迷霧的中央走去，他憑藉著自己的意識盡可能地維持直線。萬一要是在這迷霧中迷失方向，那可就完蛋了，說不定數日之後自己還會被困迷霧中呢？過了良久，只見繡劍的刀刃上折射了一縷微光，並逐漸的照亮了眼前的小徑。

「破綻？……」抱持著疑惑，他注視著那縷陽光。

順著這道微弱的光芒前進，當劍上的微光消失時，他便會將繡劍轉向，直至看見那微光。最後眼前的景色逐漸的改變，迷霧緩緩地散去最後若松來到了一片空曠的地區。這裡的樹木較少，看起來似乎是被迷霧圍起的小區域。

「這是？……」只見眼前的小山後冒出了些許的白煙，難道是有人居住於此嗎？

若松逐漸的向前走去，他小心翼翼的壓低的身姿，從山丘上觀望著白煙的出處。只見眼前的景色如人間仙境，一棟白色的茅草屋外有著一顆桃子樹。周圍的草木都十分的整潔乾淨，小屋旁有著一個小池水由上而下，泉水清澈

見底。而距離小屋不遠處，則有個水氣氤氳的溫泉？同樣也是清澈見底，看起來水質都十分的乾淨。

「妖呢？難道我闖進了仙女的居所了？」若松小心翼翼地往下。此時只聞遠處溫泉的白煙中傳來了一陣歌聲。

「不知過了良久，唯女獨嘆氣……」

「光下過往塵封的記憶，封於孤獨的黑暗裡……」

「不願憶起夜裡，裊裊吵雜的聲音……」

「歌聲？」若松疑惑的望去，在泉水旁的石頭，擺放著幾件衣物。

「女孩子？」礁石上的漢服？和一旁白色精細的繡花鞋？他疑惑的望著白霧的身影。

在白霧散去後，她如淨瓷般潔白的肌膚爆露了出來，少女正在泉中梳洗著身體。清澈的水珠，順著她的身體緩緩地滑落，順著那光滑的潔白肌膚落下。她體態輕盈軟玉溫香，當泉水浸濕了她的身子，秀髮過後宛如出水芙蓉般。盈盈的姿色，搭配上那美如天仙的臉蛋，少女宛如落入凡間的仙女般，美麗動人。人難以想像眼前的景象，難辨亦非夢境亦非實？

第一章

她的雙唇如朱唇榴齒，微微顫動的嘴唇搭上那雙透亮的眼眸。就連從不沉迷於女色的若松，都為此而著迷。目光不聽使喚的望著她，遲遲無法回過神來。而就當若松正看著入迷時，少女轉過身打算離開時卻發現了若松。

　　「變……變態！」少女驚恐的遮住身體，慌張地躲到石頭後。

　　「哪來的野狗竟然在此撒野……！」她羞澀的大吼道。

　　面對如此突如其來的變故，昔日的南唐上國護國大將，若將軍竟無意間成了偷窺狂？……

　　「不……不是的，姑娘請聽我解釋！我前來此地，是為調查山野中的迷霧啊！」

　　在聽完若松百喙難辯的解釋後，少女此刻又注意到了在若松腳邊的正是自己的衣物！

　　這下誤會又更大了，看著她逐漸委屈的神情若松東看看西看看，順著少女的目光往自己腳邊看去。

　　「呵呵……這……請……聽我解釋一下……呵呵……呵呵」若松眼看誤會逐漸變大，尷尬地笑了笑。

「你⋯⋯你這禽獸不如的大變態⋯⋯一遍遍的看著妾身的⋯⋯身體⋯⋯」少女委屈地哭紅了眼。

「最後還奪走了妾身的衣物⋯⋯」她滿臉委屈的小聲啜泣著。

「你這讓妾身⋯⋯以後還怎麼見人啊！你這變態、下流、骯髒、又噁心的傢伙！到底想對妾身做什麼！」少女委屈的哭泣了起來，淚流滿面地蜷縮在一旁，剎那間淚如雨下少女哭紅了雙眼。

見此若松頓時感覺，自己恐怕是跳進黃河也洗不清了，他淡淡地嘆了口氣。

「不⋯⋯請聽我解釋，我對於姑娘，您的身體並無任何的興趣！⋯⋯」

「藉口！你這變態⋯⋯剛剛還流著口水！⋯⋯」

「不要臉的傢伙！，剛竟還興奮的品味妾身！嗚嗚⋯⋯」少女淚流滿面委屈地哭訴。

至此，他深吸口氣，大聲回應著，「我才沒有流口水啊！⋯⋯妳又不是什麼！香氣四溢，晶瑩剔透，光滑柔順，又鮮嫩的五花肉嗎？我究竟為何！要對著姑娘妳流口

水呢？難道説我會把妳吃掉嗎？」眼前事態逐漸嚴重下去，若松搬出了御廚製作的食物！

沒想到這樣一解釋下去，對方竟然嚎啕大哭！？眼見事態如此，心中一愣完了！

「你這下流無恥的癡漢……竟然如此細細的品味，妾身的身體！説妾身沐浴完的肌膚晶瑩剔透……」「還説妾身的身體……光滑柔順，就像是五花肉一樣鮮嫩！……你！……想對人家做什麼！……」噎著哭泣聲，她蜷縮起來背對著眼前男人，此刻、若松心中彷彿數之不盡的委屈！

「我才沒有！」若松繼續反駁道，邊拿起了少女的衣物。

「妳的衣服拿去姑娘，我對妳真的沒有任何的遐想！」説罷，便將衣物拋了過去。

「我不要……我不要……你突然這樣子對我好，一定是想在我穿上衣服後，將我綁到屋內凌辱我吧！……下流！骯髒！好色！無恥！」少女宛如身陷內心的小劇場中，更完全忽略若松那一臉無辜宛若死人般的模樣！

「我放棄！」瞬間若松放棄了辯解，只聞少女不斷的哭泣著，宛如身旁站著狼心狗肺的人渣。他無視了那位少

前朝之娟

女，進直走到了屋中尋找那白霧的源頭。若不是那位看似仙女的傢伙？也不可能是那口小泉但這裡又沒妖。這屋內看上去也十分的正常，難道那位女子真的是妖物嗎？

若松回想了下：不仔細想想，世間還真的不存在？……如此愚笨的妖孽吧？話說回來這屋內還真是乾淨啊，看似平淡的小屋……卻有著精緻的梳妝台？那位姑娘的衣物，確實不像普通百姓所穿著的衣服，看上去更像是宮內才會出現的？

「莫非？……宋國公主？」他回憶起了，自己乎似在哪看過這類典故？有點相似感卻又有點不像。這麼說的話那傢伙是個女媧？如果是女媧的話，倒是有可能折騰出這霧？……

說曹操曹操到，只見那位少女穿著上了自身衣物，好奇的在門外觀望。雖然早已察覺對方的存在？但看她那副可愛的模樣，他還在猶豫是否要上前搭話。如果說錯話的話，恐怕下一秒自己會被當成變態？但如果不說話，自己又好像是在別人房裡鬼鬼祟祟的？雖說……，似乎就這麼回事。

「那個……」還沒有等若松開口，她便唯唯諾諾的發

第一章

出了點聲。此刻的她身著一套潔白的漢服，那是一件短袖襖裙，由上而下白與淡藍的搭配顯。顯然，女子擁有著顯赫的家世，否則是不可能穿戴此等衣物的。

「姑娘請説」若松用著沉著的語氣，禮貌的回道。

「你是誰？」她略為顫抖的聲音，依然有著些許的驚慌。

看了眼少女的模樣，若松淡淡的放緩了自己的語氣，用著更加親切且溫柔的口語訴説著。

「我聽聞，此山擁有無盡的絕世美景，便前來踏青賞花……想必，姑娘您也十分喜愛此處的美景吧？宋公主。」他漫步向前走著，逐漸拉近了兩人的距離。

「但您的結界，無辜百姓在裡頭迷失了方向，我此行前來便是為了解決此事，所以？我們談談如何？」他淺笑著，盡可能表善意。就怕下一秒，又莫名產生啥誤會？那可就要不得了。

她疑惑地問道：「妳怎知道我……？」

「我怎麼會不知妳的名字呢？妳便是我此行前來的目的……」説著若松便又緩緩地向前走了會。

「這……那你又想做什麼呢？」她面紅耳赤的説道，

前朝之媧

慌亂的眼神就像是羞紅臉的小貓。見此他繼續用著溫柔的口語說著，試圖將這可愛的小貓從恐懼感中拉出。

「我會保護妳的美麗的姑娘，哪怕妳是女媧我也在所不惜，我並不會傷害妳也不會懼怕妳。」他用著清秀的微笑，這令他看上去就像是個文人雅士，同時又不失優雅的向前伸出手。

「將妳的手託付給我吧……」若松用著柔媚嬌俏的話語說著。

「我……」她遲疑了片刻，紅著臉害羞的將手伸出。

「很好此刻妳便是我的女媧了」若松用的充滿魅惑的沉穩嗓音輕輕地說道，隨後便將這位宋國公主抱至懷裡，此刻眼前的公主失去了，她本該擁有的地位。

「你……究竟是誰，來此有何目的……」紅著臉，宋研綺用著微弱的語氣說道。憶中，宮廷裡未曾有男人敢於此等話語，突如其來的變故，徹底讓她亂了個神。此時懷中的早已不是高貴的公主，更像是嬌小的可愛動物。

不知為何圍繞在霧山上的迷霧都消散了。當女媧放下戒心時，那圍繞著霧山的咒術也戛然而止了。

第一章

第二章 ——— 女媧與大盜

前朝之媧

在剎那間時間彷彿靜止了，兩人的目光交錯在了一起，若松緩緩的鬆開了手。而正當少女紅著臉等待著，下一步的甜膩攻勢，結果對方卻給她來了個，讓她摸不透頭腦的舉動。

　　「咦？……迷霧都消失了，那麼我可以走了」語畢若松，便將懷裡的公主扔至一旁！慢悠悠地走到門框旁，望著遠處的天空迷霧都奇蹟似的消散了。

　　「好了收工」若松拍了拍雙手，順了順自己那烏黑的長髮，露出自己清秀的面容。就好似先前的，甜言甜語連個屁都沒，悠然自得伸著懶腰！

　　眼看送上門的郎君正要因此離去！？公主直接一把抓住了若松！

　　「收工？難道公子，您打算撩完妹就直接跑了！？」宋研綺一臉不悅地抓著若松的衣袖。

　　「嗯？我只是看霧氣都消散了，想說工作結束了。」若松淡然自若的回道。絲毫完全沒考慮過對方的感受，若松用著一臉彷彿再說這不是很正常嗎。

　　「渣男！」宋研綺生氣的嘟起了小嘴，不屑的鄙視了

對方一眼。

　　眼看眼前的姑娘又要進入野貓狀態，若松哼了聲略為不滿地盯著對方說：「我才不渣，卑臣只是從不近女色。」說罷，還若無其事的行了個禮。很顯然的在若松看似溫文儒雅，優雅英俊的外貌下，是個情商零分的大傻逼？……

　　「你……我才不管，你必須帶我離開！保護我每天哄我！」

　　於是下一刻，屋內上演了女媧纏著大盜不放的奇特景象。

　　「嗯……寵物的話，我倒是沒有太大的興趣？」若松端詳著望著眼前的女媧。

　　「寵物個頭啦！你不是剛才說！要讓我做你的女媧！」宋研綺用著十分兇狠的語氣罵道。

　　彷彿下一刻就會有一拳，直徑的往若松臉上狠狠的揍下去！

　　「哦！既然如此，那就走吧！僕從？」若松慵懶的說道。

　　「我才不是僕從！」剎那間，只見若松的臉上，多了

一個深紅的巴掌印。

當兩人離去時，如世外桃源般的泉水逐漸乾枯，原本盛開的桃樹變成了枯木。而那本該看似整潔高雅的小屋，變成了由無數雜草與藤蔓覆蓋的建築。看上去已經荒廢了許久，就連一旁溫泉也消失了，僅剩一個小水堀。看起來當主人離去時，這些由法術所建構的一切，都回歸了本來應有的模樣。迷霧散去後再也無人知曉，此處曾今日如此的美麗。

「好……累，迷霧究竟還有多遠呢？」迷路的旅者，穿著著破衣、破鞋、破褲。而當迷霧散去時，他悠悠轉醒發現其實自己，只是昏迷在野路小徑旁，根本沒離開這裡半步。

傳聞中女媧曾是某古代氏族首領，曾經摶土造人、煉石補天、開創婚姻以及製造樂器，擅長使用幻術類法術可以變換多種形態，平時可以換化為人形以人的姿態現身，但傳聞中她卻是半人半蛇之物。

「公子前方那個大招牌，那是什麼呢？」宋研綺多年來第一次走出霧山。像個好奇寶寶一樣，看見什麼都想問一遍，但同時卻又像是個害羞的孩子，總會待在若松的身

後。但她卻同時也會膽怯著，那周圍陌生的東西，有時光是一隻蜻蜓呀！就能弄得她哇哇大叫！？

　　實在讓人難以想像，這傢伙是某古老氏族的末裔。「山野間總會有這麼一間，讓旅人中途休息的小站。」若松領著，初出茅蘆的女媧漫步林間。而就在此時，從一旁的林子裡鑽出了一隻大的蜜蜂！

　　「哇！啊！有蜜蜂！」宋研綺害怕的蜷縮成了一團，一頭鑽進了若松的衣袖下。

　　害怕的樣子顯得十分孩子氣的，讓若松都不禁懷疑，自己是否撿了個小朋友回家？不過如此思索的話，自己不就成了拐賣兒童的死變態了？……果真，還是當作撿了個寵物好了？想到此處，若松不禁點了點頭。

　　只見蜜蜂聞了聞她的氣味後，周圍繞來繞去，彷彿正在尋找著花蕊？

　　「蜜蜂是一種能夠製造甜品，對人是十分友善的，通常不怎咬人。」聽著那蜜蜂嗡嗡作響，若松則淡然自若的，講述著蜜蜂是十分友善的昆蟲。

　　「唔……哪裡友善了啦！……還不快點護駕！嗚

嗚⋯⋯！」宋研綺含著淚，用著滿腔委屈的語氣咒罵。

　　接著用害怕地將若松抓得更緊了，眼看自己的衣服，都快被這女媧抓出指痕了。無奈之下若松輕輕的揮了揮手，一陣微風輕輕滑過，將那蜜蜂輕柔吹飛。看上去似乎牠短期間內，不會再把女媧當成花來吸了吧？

　　「可惜了⋯⋯這種產甜蜂蜜的小傢伙一直都是很可愛的東西吶⋯⋯」望著飛遠的蜜蜂，若松黯然神傷的心疼，想著要是不小心傷著那小傢伙就麻煩了。隨後竟還用著憐憫的眼神，注視著飛向遠處的蜜蜂。只見他毫不留情的，將懷中的少女晾在一旁，置之不理。

　　「可惜你大頭啦！」眼見蜜蜂離去，女媧直接沒了先前委屈樣子。轉而是奮力的，往若松胸口捶去！展開了一陣報復性的打擊！

　　「要你不護駕！大笨蛋！竟然眼睜睜看著本小姐！遭蜜蜂欺負太過分了吧！」宋研綺無理取鬧，撒著脾氣。

　　「姑娘您，還真是喜怒無常呢⋯⋯」看著懷中的她，若松莞爾一笑。那撒脾氣時的刁蠻，實在令人難以將公主二字畫上等號。不過雖說如此，身經百戰的若松，絲毫不畏懼的撫了撫對方。

第二章

兩人的吵鬧聲吸引，望著遠處的兩人，客棧內的老伯趕忙放下擦拭木桌的抹布。眼看等待多時，終於有顧客自己送上門來了！那老伯，眉開眼笑的快步上前，道：「兩位客官，這邊請小棧有供茶水和點心！」

　　眼見有人往這走來，心想若是再無理下去，自己優雅公主的形象就要丟滿地了。趕緊換了個乖巧的模樣，搭著若松手，伴隨在一旁看上去就像是個乖巧的小貓一樣！宛如溫柔由賢慧的美麗妻子般，然而認識她的人肯定都清楚，她那性格絕非如此。

　　兩人來到客棧內，一前一後的坐在了椅子上。

　　「請問兩位需要來點什麼嗎？」老伯將雙手端於身前，禮貌地詢問道。

　　「一壺茶」若松隨意的點了一壺熱茶。

　　客棧內的老伯提著一壺茶，拿著兩個杯子放到兩人身前，倒了杯起來青綠色的熱茶。伴隨著滾滾的蒸氣傾入杯中，空氣中瀰漫著一股人夠使人放鬆的茶香。

　　「本店使用的是上好茶葉，還請兩位客人細心品嚐啊⋯⋯」老伯慢悠悠的說著，好似許久未見客人似的，顯

露出稀奇的喜悅感。

「請問這最近附近可否有怪事發生？」若松淡淡的喝了口茶，隨意的望著一旁的老伯問道。

老伯思索了會，悠悠道：「不知從何時開始這裡就流傳著一個故事，當商隊經過荒村時，周圍會瀰漫起一層寒冷的白煙。而當煙霧散去之時，後方的人便會消失的無影無中。這事已經在附近上演了無數次了，搞得我小茶館的生意每況愈下眼看都快倒了。」 老伯淡淡的嘆了口氣，似乎滿是無奈。

「荒村？那裡為何荒廢了，還有人居住在那嗎？」若松聽聞後思索了會，問道。

聞此，老伯理了理自己那長鬍鬚，用著些許恨意的語道：「數年前有一群盜賊，盯上了那座村子，恰巧村中男丁都響應皇上地號召，都北上建牆去了。說那道牆是用來抵禦北方匈奴的，在那場慘無人道的夜裡，強盜們搶劫了所有民房。

待數日城牆修築完成，男丁們歸來時，家早被燒得只剩焦炭了，雖說仍有寥寥無幾的破屋，但也都殘破不堪了。不過最讓我想不透的是，竟然有一位青年不知道是想不開？

還是吃錯藥似的？竟在村外的一處小屋定居……，估計是瘋了不成。至於別的人……是去了長安吧？反正我也忘了。」說完後，老伯便慢悠悠的走到門外，一屁股的坐在躺椅乘涼了。

「會不會荒村裡失蹤案，是那男丁所為啊？」宋研綺開啟了推理模式，雀躍的道出了自己的想法。

聽著宋研綺有如兒戲般的推理，若松果斷的否定了對方的判斷。「不，青年眷念村落留守此地，總是有原因的？不論如何，肯定不是綁匪……」

說完後若松便端著茶水一飲而盡，將杯放下，隨後又提起茶壺替自己又倒了杯茶。

宋研綺挺著自己優越的直覺，說道：「我的直覺和我說，這個青年肯定有問題！」

「呵呵……看看吧」若松輕輕地笑著，品味著手中的好茶。

喝完茶後，兩人順著路一路走下去，果不其然的，前方正有座荒廢的村落。而路旁有著一棟略顯完好，卻有著十分破敗的屋子，恰巧此時屋主正好扛著木材走了出來。

門旁有個小木樁，一旁還擺了個斧子，他看去年輕氣盛的。眼看家門前莫名兩個陌生人，閒來無己的地站在自家門口。青年滿懷疑惑地問道：「你們是？……」

「途經的過客罷了，先生你為何獨居於荒村外呢？」若松用著親切的口語問道。

「呵呵這位公子你弄錯了，我是和我妻子一同居住於此的」青年呵呵地說道。

「是嗎……那麼為何，兩位會想居住在此地呢？」

「據說附近的村莊，曾遭山賊侵略？」

若松望著孤身一人的青年，他身後的屋子雖說看似完好。但卻可透過敞開的大門，看見許多的蜘蛛網，就連桌上的碗筷也是布滿灰的。

「那是因為娘子的堅持啊……她說他很喜歡這裡，畢竟這屋子？……是屬於我們的小窩嘛……」青年略為羞澀的說。就好似，再繼續說下去的話，他整個人都要羞的成女人了。

「況且，想當初我們認識時還是一見鍾情呢！」說到這，青年自信地的笑著。

第二章

此時，那扇微開的小門被一陣風吹過，緊閉了起來……

「哇……一見鍾情的話想必妳妻子是個大美人吧！」，「在哪！」宋研綺好奇的問道，不知道為什麼提到一見鍾情的時候，這女媧變得無比的興奮！看起來對於愛情十分的憧憬，整個人都快成了個活寶。

一旁的若松，則是一臉平靜的模樣，然而……雖說看上去十分平穩，內心卻是無比的尷尬……雖說兩人才剛認識不久，但望著看似天真無邪，彷彿如孩兒般的女媧？一股羞恥感緩緩地湧現而出，若松這些年來見識過人世喜怒哀樂！可這還真是第一次這麼尷尬。自己這麼認真的觀察那屋子，然而這女媧卻想聽對方的情史……

這一問怕不是要耽誤幾時，更何況了山裡還有隻妖？正等著自己去降伏呢。

「真是的怎麼可以問這種問題呢，真沒禮貌昂。」若松溫柔的把這女媧，狠狠！的！往後踢了十萬八千里！用著自己高大的身體擋她身前，就怕她那八卦般的閒言，不知能浪費幾時呢！只見宋研綺不滿的嘟起小嘴，捶著若松的肩！碎念道：「齁……有什麼關係啦人家又不介意！」

「但我很介意」說罷，若松便霸道地，把少女的話給

一口悶了。

　　尷尬的看著兩人，青年愣了愣後說道：「公子其實沒關係的……」

　　見此尷尬局面，若松悠悠道：「我們還得趕路不好意思了，今日無法在此多做停留。」雖說，有些許困惑但他隨後回覆說：「沒關係的，既然趕路就快走吧」

　　青年說罷拿起了一旁的斧子和木材，看似要準備今晚用的柴火。

　　若松道：「走吧」

　　「齁……我想聽愛情故事拉」宋研綺嬌嗔著看起來似乎不會輕易就罷的。

　　「待會在和妳解釋」若松絲毫不留情面的，跩著對方就走。就好似完全忽略了，對方可是個堂堂正正公主這個身分。若松的腳步十分的輕盈又迅速，良久之後兩人便離那棟屋子數十里。

　　「妳沒有感覺到，那屋子有股不尋常的氣嗎？」若松悠悠道。

第二章

「有嗎？……聞到點樹葉的氣味」宋研綺疑惑道。

「……」若松無語地盯著眼前的女媧。

但思索了良久似乎說，如果是這傢伙的話？也見怪不怪了吧。

「樹葉味……果然女媧的鼻子和一般人不同啊……」若松嘆了氣，感嘆著。

「那是妖氣，從那屋子裡傳來的，真不知你怎當成了樹葉……」

「妖氣……？所以說那位先生的妻子是妖物？」宋研綺疑惑道。

「誰知道呢……」若松悠悠道，並往不遠處的荒村望去。

良久後兩人來到了這荒村，只見房屋依舊破敗不堪。屋子被火給燒成了木炭，黑濛濛的，在月光下又顯得陰沉。頹垣敗壁的景象目入不堪，有些屋子倒塌成了一團瓦礫堆，無一例外都有火焰灼燒過的跡象。

可見那倒塌的梁柱，烏漆墨黑的磚瓦散落一地，就連

前朝之媧

街道也無法可避免的焦黑。坑坑巴巴的，難以想像為怎會有商人想走這條路，真要走的話？肯定只有那些貪小便宜，又貪生怕死的黑商吧。

再更深入點頓時空氣中，逐漸地浮現了一股腐臭的氣息。一聞到如此強烈的臭氣，宋研綺迅速地摀住了口鼻，而若松則是毫無感覺的一樣。四處觀望尋找氣味，只見他左看右看得，最終就好似確定方向似的，看著遠處。

宋研綺摀著口鼻道：「妖氣……？」

若松道：「這是屍臭聞起來已經有一段時間了吧」

「你會聞屍體腐敗的氣味！？」宋研綺驚訝的瞪大了雙眼，緩緩地後退了一小步。

「不是的……我沒有這種怪僻……」若松擺了擺手試圖解釋著什麼。

「怪人……」不過很顯然，對方根本不給自己這個時間。

於是若松莫名的被女媧弄了個新綽號，戀屍癖！

眼看現在雖早已是午後，但太陽依然非常的耀眼，眼

第二章

見此時正處陽氣興旺的時辰。若松朝荒村的深處走去，雖說不知前方有著什麼，不過面對區區小鬼，若松看上去絲毫不在意似的。

這個小村子不大但也不小，有句話說好麻雀雖小但五臟俱全，大概就是這個意思吧？即使很多房屋都燒成灰了，這樣的小村依然存在著許多小徑，通往一個個小巷弄。在雜亂的廢墟中，彼此交錯就宛若迷宮般，令人摸不著頭緒。

若松走著走著便停了下來，只聞那氣味變得十分的濃烈，看樣子就是這裡了？

只見怪味飄散之處，一旁的房屋罕見的結構保存完好，順著這條巷子更甚處有一扇大門。那扇門看上去破敗不堪的，上頭拴上一個生鏽的褐色大鎖。春聯都已經破成了碎紙，門上還布滿了各種凹陷的小洞，屍臭味便是從這傳來的。

「妳在這等會吧」若松說完後便徑直的走到了那扇大門前。越往前那股濃烈的屍臭味變越重，不論這裡發生了什麼事，但想必結果必定在那扇門後吧。隨後若松懷著忐忑的心，推開了那扇大門。

當門被推開後，可以看的出來這寬大樣子似乎是座倉

前朝之媧

庫。不過接下來等著卻是，一個駭人聽聞的景象，數具屍體被堆疊在了。屍臭味正是從這裡發出的，此刻眼前的畫面，簡直令人作嘔。若松心想，這樣的畫面還好當初沒讓那女媧跟來。

「那邊還好嗎？」遠處的女媧關切的喊道。若松沒有多做回答，只是默默地將門再次的關上。

若松往回走到了她的身前，輕聲地說道：「還是不要過去會比較好一點？」

「……很慘嗎？」宋研綺疑惑地問著。不過若松冷淡的眼神看起來並不想透漏太多。看著那些遇害者的慘狀，若松雖沒有為此而流淚，或是感到一股悲傷感。但卻心中卻莫名有一種？必須將這件事，徹底處理完才能離開的感覺。他回過頭看了眼，只見那被自己關緊的大門上，殘留著斑駁的鏽痕。

若松緩緩說道：「妳會怕鬼嗎？」

宋研綺悠悠道：「女媧怎麼可能會怕鬼？比起他們我更恐怖呢」

良久過後，伴隨著日落的黃昏緩緩消逝，這裡並逐漸

第二章

地變為了黑暗，氣氛也逐漸的陰森了起來。而正當夜幕徹底降臨時，那股妖氣更加混濁了。不僅是倉庫外，而是整個荒村都瀰漫著濃厚的妖氣！伴隨著悠悠寒風輕盈吹襲到了兩人身上，那種刺骨的冰涼感席捲而來。

「好冷……」宋研綺捲縮著身體窩在了牆角。

兩人正躲對面的小房舍裡，倒塌的屋簷恰巧成了遮棚。透過窗戶可以完美的，監視著左右兩側的街道，唯一的缺點大概就是有點擠吧？畢竟兩人目前可是，把自己藏廢屋下的縫隙呢。

若松眼神專注的，盯著前方道：「安靜……看起來有東西快來了」頓時一片漆黑的夜裡，突然出現了些許悠悠藍光，且這股寒風變得更加刺骨了。又一股寒風朝兩人颳來，不過這次卻好像又伴隨著什麼，只見那本被緊緊關上的大門。

突然間被什麼轟開一樣，發出了劇烈的碰撞聲！緊接著兩扇大木門，徹底被吹開來並重重的撞在牆上！起初出現的是一團小鬼火，數秒後剎那間鬼火孤鳴！只見幽暗的街道上出現了一團團的火焰！

「來了」若松望著被鬼火照亮的街道。

一團團看似透明，卻能略見身形的野鬼，從倒塌的房屋中鑽出！此時那間倉庫也傳來了一陣悲鳴聲！若松認得這個女鬼，她便是屍體中的一人。

她樣貌清秀正處於及笄之年，臉色卻十分的慘白，淚血淚浸屍了她的衣衫。看似有什麼令人不堪回首的怨，她一跛一跛地從倉庫裡走了出來，身後是更多的野鬼。可以看見許多鬼穿著破爛渾身傷痕，甚至於臉整個都凹陷了進去了！有些更是露出了，它們那令人作嘔爛內臟。眾鬼不斷的悲鳴，四處徘徊著。

看似正在尋找著某種歸宿？可如今，還有什麼可去的地方呢？

「好多……該怎麼辦？」宋研綺顫抖著身軀，緊緊抓著若松的領道。

若松暗自笑道，沒想到這女媧也是會怕這種東西的。「女媧不是不怕鬼嗎？」若松樂呵呵地回道。看上去這些野鬼？對他而言並不算什麼，而這並不是若松正等待著的。

「你……」她氣憤的抓住了若松的衣領！恨不得當場把這傢伙給扔出去餵鬼。而當兩人還討趣的對峙著，一隻渾身焦黑的野鬼，偷偷的順著陽氣走了過來。

第二章

緊接著，他瞪大雙眼，激動萬分的！發現了躲藏兩個大活人！

　　「哇！啊！……」剎那間某個號稱不怕鬼的女媧，害怕的發出了欺凌的慘叫聲！接著託她的福，所有野鬼都發現了，這兩個躲藏在這的美味鮮肉？

　　「……」若松頓時感覺一陣頭暈，並在心裡暗自吐槽著：「天啊……世上怎有這種女媧！？」眼見自己已然爆露，爬出窗外後若松不慌不忙的，地解開了腰間的小布袋。從中取出了一把短蕭輕輕的寄至嘴前，那笛上烙印著些許金色的咒文。

　　而見此所有野鬼全都撲了上來，同時嘴裡還嚷嚷的喊著：「活人……！」不出片刻，若松便被無數個野鬼給圍了起來。

　　見此若松優雅的說著：「請聽聞這優美的旋律吧，讓小的在此為各位演奏，一曲安魂曲調？」面對眾鬼的若松，臉上絲毫沒有任何的變化，一樣是如此的優雅，他慢悠悠的吹起了手中的短蕭。

　　那是能夠使人迅速感到無比放鬆的樂曲，瀰漫在大街上，剎那間那些野鬼的殺氣減低了不少。

但他們飢餓的模樣那可一點都沒變了，只見一隻又一隻的野鬼朝著若松襲來。後者則輕鬆地躲過了那些尖牙利爪，同時蕭的演奏從未中斷。

只見無數厲鬼如雨般飛濺，而見此若松依然平穩的。吹著短蕭輕盈地往上一躍，躲過了所有攻擊。狂躁的厲鬼發出了陣陣嘶吼，儘管蕭的聲音依舊迴盪著。

眾鬼就如同行屍走肉般，即使他們中許多早已失去了原本的肉體。那些野鬼們一個個看上去就像，是失去意識的軀體一樣，目光呆滯地望著正處於村落中央。專注地聽著這一曲令鬼著迷音曲，只聞鬼道：「恨……」

良久後，若松輕輕的放下短蕭道：「散去吧如此怨恨？何必在此怨地久留呢？」

聽聞許多的野鬼淡淡的消逝了，就像是他們從未存在過一樣。

而就在此時若松，再次的吹奏起了那一首足以讓眾鬼著迷的安魂曲，一切都看似那麼的完美。眼前的公子就宛若置身於處舞台上，而身旁是無數個忠誠的聽眾。吹奏著一曲讓鬼無法抗拒的誘人音色，聞此音哪怕是凶猛的野鬼也會被此而感化。

第二章

在稍停片刻後，若松持續地吹奏起了那一首安魂曲，輕盈沉重且令人著迷的音調。彷彿一條條蛛絲纏繞在了眾鬼身上，令他們隨著自己若松的意識而放下。

那看似無盡的殺氣，此刻又有更多的鬼魂散去了。只見那幽藍色的鬼火逐漸顫動著，最終瓦解成烈焰綻放。頓時本來充斥著亡魂的街道瞬間變得清靜，現在街道上僅剩那留著血淚的女鬼了。

她的血淚早已從眼眶上消失，依然是如此的美麗動人。臉上沒了最初那悲鳴般痛苦的面容，取而代之的是一張面帶微笑，卻十分慘白的小臉。

「謝謝公子，她有著十分執著的怨念……」這位美麗的鬼魂在說完這些後便散去了，只見她化為了淡藍色的塵埃消失在街道上。

「小心誰？……」宋研綺小聲的問道，只見若松輕輕的將手中蕭放入袋中。

若松道：「一位十分美麗的姑娘，和她執著的怨念。」說罷，眼見早已消散的鬼火再次的凝聚了起來！周圍逐漸的瀰漫起那重重的白霧，刺骨的寒流襲捲而來。

前朝之媧

「厲鬼？」宋研綺小聲的碎念道。

只見少女從白霧中走出，悠悠道：「恭候公子駕到，不知……公子此次前來是為了什麼呢？」

她穿著著簡易的服飾，沒有過多精美的修飾，看上去就像是一位普通的良家女。但儘管如此她慘白的臉龐，和那渾身散發而來的妖氣，這一切都表明一件事，她並不是人類。

「姑娘妳才是呢，早已入夜了獨自一人，待在這不太安全吧？」若松溫柔的回道。此時再若松眼裡，她依然是生前的模樣，可與之相反，在宋研綺的眼裡卻是另一副慘樣。只見那慘白的臉上，佈滿了許多膿瘡，傷痕累累的樣子。上面還有許多凹陷進去的傷，看上去就像是遭受到細菌和蛆啃食過。她的面容，實在難以用言語描述般，那噁爛殘破的身子。

「你……看的到那模樣嗎？」宋研綺忍著那股噁心感，拉了拉若松的衣袖説道。

若松小聲的回道：「不……，但我能感受到那股不詳的氣息。」見兩人竊竊私語著，似乎再説著什麼小秘密。

第二章

女鬼緩緩道：「兩位想必已經累了吧？不介意的話可以到寒舍坐坐，我可以給兩位泡上一壺好茶的。」

望著逐漸走進的女鬼，若松暗自將手放在了配劍上。

「那茶水在這夜裡，可說是最上好的歸處呢……」她冷冷地說著，語氣中讓人感受到了些許的寒意。剎那間一陣狂風席捲而來！那寒風刺骨的彷彿，就像是一把把劍刃朝自己刺來！

若松將宋研綺緊緊護在身後，眼見女鬼急速的衝向自己！試圖用那尖銳的指甲刺穿自己，若松剎那間，便拔出了自己的那把繡花劍！瞬間一陣刀光劍影，只見那指甲宛如鋼鐵般堅硬，而繡花劍則是一次次的擋下了她的攻擊。並發出了吱吱聲響，正當兩人僵持不下持時，突然間一道白光閃現在女鬼身前！宋研綺奮力的將那道光，直徑的往女鬼砸去！只需一瞬間！

「給我……後退點！」說罷，女媧便將那道白光直接拍轟了過去！緊接著對方便被擊退了數米遠！此刻一直刮在兩人身上的刺骨寒風，也就此消停。

看著身後的女媧，若松有些不可自信地看著對方，但沒有給他過多思考的時間。厲鬼再次地撲了過來，而她的

前朝之媧

面容早，卻已不是生前那副美麗的模樣了。而是充滿著怨念的恐怖模樣，彷彿能撕裂世間一切事物般！

「去死！為什麼要來妨礙我們美好的生活！」她憤怒的喊道，並惡狠狠的張開了利齒咬向若松。

見此，若松便用繡花劍護在身前，擋下了女鬼那咄咄逼人的攻勢！隨後用力的一腳將對方踹開，揮舞著手中的劍刃刺向對方。些許的劍氣凝聚再了劍鋒，上這一擊在對方身上留下了個開口！連同衣物將貫穿，留下了個深可見骨的傷痕。

他的動作十分的靈巧，看上去更像是一位舞者，正在優雅的跳著一曲動人的舞蹈。再次傷女鬼後，若松快速的向後退去，躲避了對方的攻擊。

兩人的過招，招招致命，兇猛的厲鬼宛若獵犬般狂怒著！甩去劍上沾染上的髒污，露出繡花劍銳利的劍鋒。

若松不悅的說道：「妖孽……為何要如此傷人危害人間？」

隨後再次的糾纏在了一起，刀光劍影之下吱吱的聲響，響徹了寧靜的夜晚！劍刃與骸人的血紅指甲刃，彼此相互

第二章

抵禦著身前的攻擊，哪怕僅是剎那間的失誤。都足以讓兩人分出勝負，只見正當兩人短兵相接，拚得你死我活難分難捨時！

聞聲有人慌張地跑了過來，朝著正在與若松戰鬥的女鬼喊道。

「娘子！……」那名男子朝著三人喊著，慌張的神情中透露出了，擔憂忐忑不安的心思。而就在這一刻，她分神了，刀刃直接刺穿了胸膛，銀色的劍刃貫穿了她的身體。

只見她從嘴中吐出了許多鬼血，那鬼血撒了一地，將磚道染成了十分沉色的暗紅。但刀劍下何談情與思，冰冷的劍刃絲毫不留情地，徹底刺穿了她……

女鬼掙扎著，嘗試從若松的手中掙脫，但這只是無謂的掙扎罷了。她用著悲傷的臉望著自己的郎君，留下的淚水順著她的眼眸滑落。

此刻若松將劍從她的胸膛中拔出，將她推開後又奮力的朝她的心臟刺了一刀！這一劍下去！將她緊緊的釘再了地上。

斬妖者，從不講究情面，即使富有情感？妖……終究

是妖。刀刃劃破胸膛，鮮血肆意噴濺，略帶腐蝕性的鬼血，徹底浸染了街道。

「娘子！……」見此男人悲憤的朝著自己的妻子跑來，臉上是永無止盡的淚珠。

若松困惑的看了眼那男人，只見那男人奮不顧身地撞他？……

將那早已渾身是血的女子，抱再了胸膛？將自己寬闊的肩膀給予對方？讓她緊緊的靠在了自己的身上？一段令常人難以理解的關係？錯愕之中的若松，重心不穩的跌坐在了地上，手中的繡花劍也掉在了一旁。

「娘子為怎麼會這樣……」他悲痛的嚎啕大哭了起來。就像是害怕著下一秒對方會被奪走似的，明知眼前的戀人早已那人了，但他依然如此的深愛著。

「相公……」她用手撫去了男人的淚珠，黯然的望著對方。相互牽緊的雙手，汙穢的鮮血腐蝕著男人的雙手。

「對不起……沒辦法在陪伴你了，我知道我錯了」女鬼含淚成了，那抹塵埃消散。擁緊的相擁，直至消失？……人與妖，何以用言語訴說此景？

第二章

若松困惑地看著眼前的一切，沒想到眼前的這個男人，竟然一直都知道這女鬼的所作所為？卻依然絲毫不在意的，想和對方待在一起？彷彿那一切，只不過是個微不足道的汙點般？為什麼？

　　當宋研綺將若松扶起時，目光依然無法離開，他看著眼前那嚎啕大哭的傢伙。一路啥大風大浪都見過，還真第一次見為鬼而泣的人。

　　若松愁容了會，不解的看著那男人。要知道，沾染鬼血對於常人而言，那可是十分難受的，而眼前的男人卻絲毫不懼。就彷彿那腐蝕著他的汙穢血液，就好似不曾存在似的？

　　「有時，人類的情感總讓人難以理解。」

　　若松將身旁的配劍撿起，緩緩地走進了對方，他將配劍收回鞘中。看著跪坐在地上抱著一縷破衣的男子，那個傢伙哭得十分的難受，心如刀割般痛苦的哀嚎著。

　　「人鬼殊途，這也是沒辦法的事。」靜靜的看了會後，若松頭也不回的背對著，那痛失愛妻的可憐人。

　　宋研綺略為擔心的說道：「那個人哭成這樣沒問題

嗎？」

　　若松道：「我做了正確的事，或許對他而言有些殘忍，但若讓她如此下去會毀了更多人」

　　「你很常做這種事嗎？」宋研綺用著可愛的口語問著。看起來宛如孩子般天真又無邪，那惹人憐愛的樣子，頓時便讓他忘去了憂愁。

　　對此若松只是輕輕地笑道：「難道女媧大人沒經歷過嗎？」

　　宋研綺淡淡地說道：「經歷過了，但就是因為經歷過了才無法忘懷？」

　　若松溫柔的說道：「那麼就讓這趟旅途持續下去吧！期盼將來的日子裡，我能欣賞到你美麗的歡笑？……」

第二章

第三章

嗜血的屍體

當一切事物平定後，那男人搬離了那悲傷之地。從此那荒村從此無人居住，彷彿一切都未曾發生似的。

兩人慢悠悠的往下座城鎮走去，夜已經散去，如今在天上的是充滿溫暖的陽光。鳥兒早晨的鳴叫聲，聽起來十分悅耳，宛若鳴笛的吟遊詩人般，在翠綠的樹上演奏著詩曲。

若松悠悠道：「妳為何會想跟隨著我呢？」

宋研綺笑道：「因為我無處可去，若不跟著公子您我還能跟誰呢？」

若松道：「妳還可以繼續長居在那小屋裡啊？」「跟隨我的話就委屈您了公主殿下。」

宋研綺用這略顯羞澀的語氣道：「不，這可是一點都不委屈呢⋯⋯」

若松興致問道：「哦？那是為什麼呢？」

宋研綺紅著臉道：「當然是因為公子您啊。」

望著眼前面紅耳赤的女媧，他嘟嚷著：「還真是特別的傢伙⋯⋯」

午時大街上，人來人往的路上飯館生意那叫一個絡繹

不絕！

　　這裡的餐點味道應該十分不錯，眼前一家賣麵食為主的小麵館，門外顧客大排長龍。只見那櫃台前，小店的老闆正熱勤的招攬顧客，不知吃啥的若松，好奇地也跟了進去。兩人就這麼順著人群走著，找了張桌椅隨便坐坐。

　　「公子和姑娘兩位好，請問兩位要點些什麼啊！」店小二笑容滿面，熱心滿溢的招呼著兩人。

　　「請給我來一壺涼茶，配上兩碗麵。」若松望了望牆上那，迷茫滿目的菜單隨意的點餐。

　　宋研綺對此不滿的抱怨道：「齁……人家想吃點糕點吶。」

　　面對這個看起來，對菜單上的餐點一點興趣都沒有。同時又十分挑剔的女媧，若松悠悠地輕聲說道。

　　「沒錢，不然自己買單」直接將鹽撒在傷口上，那女媧 ..... 沒有錢呀！」

　　此刻窗外的艷陽高照，烈日灼灼彷彿這世界就是一口蒸鍋。而所有的人都居住在這口鍋裡，承受著無盡悶熱的生活，而和那烈日太陽相比。若松彷彿置身於世界之外，愜意

地喝著涼茶，等待著自己的主餐送上門來。

「公子麵來啦！」店小二熱情的喊著，快步上前來笑呵呵的，將兩碗麵送上。

「謝謝」若松禮貌地回應道，邊伸出手給了對方一些銅錢。

「多謝公子打賞！」

望著那笑容滿面的小二，宋研綺小聲道：「我說……你不會覺得那店小二……很像智障嗎？」

若松低聲回應道：「確實有點，可誰又不是為了生活，擺出自己虛假的樣貌呢？」

「你怎麼時候說話變得這麼社會了……掃興。宋研綺嘟起嘴，失落落的用著筷子擺弄眼前的麵。

若松悠悠道：「吃吧，待會還得帶妳這女媧去街上晃呢！」說罷若松開始享用這碗麵。

聽見對方竟然打算帶自己去出去玩，頓時女媧樂得像是個孩子似的。只見，宋研綺滿懷期待，地興奮問道：「我們要去約會嗎……！」

「不是」若松悠哉的說著，一口湯一口麵吃的那叫津津有味。即使是在用餐時，他也展現的十分文靜又優雅吸允湯汁，沒有發出任何的聲。輕盈溫和的夾取麵條，不會濺起任何的湯汁。

「你……你這個一點都不懂女人心的傢伙！」

「活該單身一輩子！」宋研綺心煩意亂喊著。

面對自家女媧的任性，奉行不聞不問好習慣的若松，淡定的選擇了忽略。

午後告別了烈日的朝陽，正值那暖暖的時刻，如此溫暖又不悶熱的光呀！使人能夠愜意的漫遊在街上，若松細品著這紅塵往復的世間。

在街道上，若松經過了一棵樹旁，透過那片片樹葉間縫隙，一縷陽光順著縫隙而下。只見地上顯露出了，那斑斑點點耀眼的光跡，看起來就像是一縷縷小微光。

宋研綺正在地上愜意的乘涼著，而若松則步履輕盈的踏了上去。

若松喃喃道：「真是一顆好樹呢，氣味略為芳香」，「略清涼感性微溫，令人為此優雅而陶醉！……」

宋研綺看著眼前這看樹都能看出詩的人，瞬間傻了個眼，眼睛都給滾白了。

　　「難道你就不能，因為我分神嗎？」

　　走在街上一旁的姑娘們，望著面露清秀宛如青山綠水般，那秀麗的若松。一個個的拋起了媚眼，見此若松只是輕輕的微微一笑。優雅的回應著，但這一笑卻令許多姑娘，為此而樂呵呵的。

　　「他剛剛看我了耶！」少女興奮的和周圍的女子炫耀著。遇見此景女媧醋意滿滿，一把囉住手臂把人給奪了回來！

　　宋研綺道：「不許你對著那群姑娘，像是條狗似亂發情！」

　　一臉矇的若松挨罵後，委屈道：「我可是什麼都沒做啊⋯⋯」

　　接著只見那女媧哼！了聲，撇過頭去望著另一方，絲毫沒有要理會自己的意思。若松嘆了口氣，想著作為一個優雅的公子，要應付一個女媧還真是件麻煩的事⋯⋯

　　而恰巧就在此時，兩人經過了個賣髮簪的攤子。

第三章

那就用這個好了？……，若松開始對著一旁的小販打起的歪腦筋。若是一位樣貌清秀，說話彬彬有禮的公子，溫柔的伸出手，給予一個亮麗的髮簪。心想：「不論是哪位姑娘，都會乖乖就服吧？……」

　　於是毫無戀愛經驗的若松，開始了女攻略企劃案……不為別的，只為讓身旁的這傢伙聽話點！在腦海中拼命地想著，若松端著下巴想著，不知道那書是否靠譜。

　　「這位公子哥！有看上眼的嗎？」小販阿姨熱情的招待著若松，又喊又揮手的看上去十分的開心，恰巧此時若松也看上了，那攤子上的幾個髮簪。

　　見此畫面女媧反而更氣了，緊緊地捏住若松。而那一招，簡直疼的若松都差點升天成仙了！若松低聲碎念道：「我都快被妳給搞死了……」

　　宋研綺氣憤的怒斥道：「誰讓你花心……」

　　「這些髮簪使用的是何等材料呢？」沒有過多在意女媧的言詞，若松打量起了那幾個髮簪。

　　「哇！……這位公子你眼光可好了，這是小店唯一，以玉石打造的髮簪啊！」小販姨樂呵呵的吹捧商品，臉上掛

著如賊般的笑容。

若松望了望眼前的小攤販，上面還擺放著數個金銀首飾，若這玉飾是真？為何高貴的東西，會出現在這小販上？行走江湖多年的若松，一眼就看出了這些貨的出處。

若松思考了會，隨後看似憂傷道：「正好……我去世的親人似乎也有個。

接著若松露出了一臉悲情的模樣，訴說道：「要不是……那該死的盜墓賊撬了我阿姨的墓！」

此時那小販臉色一沉，原本快樂的笑容，很明顯的收了些，掛上了些許驚慌的神情！小販姨神經慌張地道：「若……公子喜歡，看在我倆都是有緣人的面子上！」

「此物小的優惠售出，公子您看如何……？」她緊張的神情，若隱若現的爆露出了樣事。

「嗯？……」宋研綺不解地看著，兩人一來一往的交談。蒙蒙的女媧，看著那小販逐漸改變的神情，摸不清頭緒的發著呆。

聞此若松一改先前，本來看似悲傷的神情，變成了充滿喜悅的微笑。對著小販輕輕笑著，真的嗎？那真是太好

了！

　　若松輕輕地拿起那玉製髮簪，一看果然不出所料是真品！透過那小販的神情來看，八成不是正常手段弄到的貨吧？

　　「那……這髮簪要多少錢呢？」若松仔細地打量著那髮簪。

　　那是一支白玉簪子晶螢剔透的，在耀眼的陽光下，隱約的可以看見一縷奶白色的絲文。幾條紅色的流蘇輕輕垂下，顯露出了它的高貴。當微風吹過時，那些流蘇順著微風輕輕地晃動著。將耳靠近一股清脆的聲響充耳而來。

　　見眼前的若松竟對女生飾物，如此感興趣。宋研綺好奇的瞪大雙眼，跟著看起來這白玉髮簪。「我說……你不會想買這送我吧？」她看似平靜遲疑的外表下，內心裡卻潛藏著難以壓制的喜悅！彷彿剎那間，自己的心房就要大爆炸，心臟噗通噗通地跳著。

　　若松遲疑了會，隨後淡淡道：「當然是送妳的難不成我會女裝不成？……」

　　聞此宋研綺淡淡笑道：「還說不定你會呢，看得如此

前朝之嫗

著迷？莫非珍寶不成？」

「呵呵⋯⋯只是普通的髮簪罷了？⋯⋯」說到此若松轉身，看向了眼前的小販。

對方看似被發現了什麼祕密似的？頓了頓。接著慌慌張張地躲避著若松的眼神。看起來果真不是什麼好東西？

「公子⋯⋯當然了小店的都是一般飾品，不過做工精美宛宮廷！」她起初慌張了一會兒，但見此人欲購髮簪，剎那間轉變回了起初那副商人樣。

「哦？既然是普通首飾的話，想必價格十分的親民吧？」若松用著低沉，且溫和的語氣緩緩說著。但就在此時，卻散發著一股無形的壓迫感，迫使著小販姨冒出了些許的冷汗。彷彿自己商品是盜來的事，早已被眼前的公子給察覺！

她思索了會，望著眼前樣貌清秀的公子，發現了若松腰間的佩劍。心想若是尋常富家子弟，肯定不會帶著女人上門？還搭著一把劍吧？⋯⋯作賊心虛的小販最終決定，當務之急還是保住秘密吧。

畢竟少了個髮簪，自己可是還有許多飾品的！「這是

第三章

當然的，我說公子啊！」，「這髮簪簡直就是為了，那位姑娘量身訂製！我說你瞧瞧那雪白的肌膚！貌美的如白玉般的少女！若再配上這精緻的髮簪！起不是世間上完美的事物嗎！」為求生計小販，竟開始了毫不要臉的拍吹捧！

「哪……哪有您過獎了……」突然被陌生人稱讚，宋研綺羞澀地躲在了若松的身後。

「不不不，這簡直就是絕配呀！姑娘……」

「您能遇見這位公子，簡直就是命中注定啊！我說妳一定會希望這位公子，買下這白玉髮簪贈予給妳對吧？「宛如婚約般的定情物！肯定是妳所需要的是吧！」見此計畫奏效的小販，絲毫不放過任何機會的吹捧著。這絲毫不要臉的行為！就連若松都有些看不下去了。他眉頭一皺，沒想到竟然有這麼不要臉的人？雖說身旁的女媧漂亮到是漂亮。不過自己倒是……對於對方一點愛慕的感覺都沒有？就怕對方下一秒要是當真，自己就麻煩大了。

「才……才沒有呢……雖然說他是我的未婚夫但是……」只見那女媧扭扭捏捏的，彷彿想說些什麼。

「……」於是若松心中涼了半，難道這麼假惺惺又荒唐的吹捧，有人會信？

前朝之媧

不！對方還是個女媧！……完了，那傢伙的智商！

「我可沒有答應要和妳成婚？……」若松壓低著聲，小聲的提醒著對方。但很顯然的眼前的傢伙，面紅耳赤的正沉靜在美好的夢中！

只見她開心的道：「相公……」

這傢伙沒救了……，若松望了眼這女媧，瞬間感覺腦瓜子暈了會兒。

見錢眼開的小販，看上去躍躍欲試的道：「所以公子哥哥這……髮簪的價格方面……呵呵不好意思了！」

「唉……」若松輕嘆一口氣。從包裡隨意地拿出些許銀兩，往桌上一灑。下一秒那髮簪，便被一個滿懷期待的女媧搶了過去！她看起來笑得十分開心，就像是小貓似的！將那髮簪擁在懷中靜靜賞著。

她那淡白淡藍的漢服，隨風輕輕的飄動著，眼前宛若天仙般的少女。不禁讓若松遲鈍了會兒，總感覺是一種詭異的錯愕？隨後他輕輕的拍了拍她，也許……那是一種別樣的感覺？若松溫柔的輕聲說道：「走吧，一會在慢慢看昂？」

「唔？……」後者隨意的被近了身。緊靠著對方的身

第三章

體，緩緩向前走去，少女的小臉逐漸地紅了起來。

而就在此時，若松望著看似要落下的太陽，喃喃自語道：「今晚，還得找間客棧休息過夜……」然而聽到此話後，少女便整個臉瞬間變得通紅。彷彿世界上沒有什麼比這更令人害羞的了！

宋研綺在心中興奮似的，吶喊著：「天啊！……」宋研綺面紅耳赤，頓時感覺渾身熱騰騰的，腦沉癱倒在若松的身上。腦中遊蕩著少女心思，那細膩無比的幻想！

「咦？睡著了？這年頭女媧都這麼愛睡的嗎？」若松瞧了眼懷裡的女媧。怎麼會突然間睡著呢？雖說總感覺眼前的女媧，那身子變得發燙。但正常而言女媧應該不可能會生病吧？

思索了片刻過後，若松端詳著下巴，望著身前的女媧道：「應該是睡著了吧？」

「肯定是的這麼說起來，女媧好像也是要睡覺的？」於是若松就像是披著披風似的。把這女媧隨意的挪到了身後，披著對方就直接走往客棧搬走。

一邊還嘟嚷著：「這傢伙怎麼比想像中的重了點。

前朝之媧

也罷……以後真要養寵物的話？……還是養貓吧，毛茸茸的？」

良久過後，太陽已逐漸地落幕天色逐漸地變暗，若松揹著女媧到了間客棧。只見他豪邁了撒了兩個銀碎，跟老闆要了間房，後者則詫異地看著若松。

雖說那位先生遲疑了會，大男人揹著一個昏昏欲睡的少女，這不是圖謀不軌不然是什麼？但思索了會，若松樣貌清秀若是情？好似沒啥問題！那公子哥看上去十分清秀，總令人感覺是哪戶有錢人家的小公子？長的人模人樣的，若是敢作此事肯定是個狼人！

「一間房對吧！」掌櫃十分識相的雙手奉上鑰匙，就怕遲疑了會得罪人！那可就糟了。

「不、兩間房才對，還請先生您別誤會，我對這位姑娘毫無任何的興趣。」若松溫和的回覆道。

兩間房？難道自己幹這行這麼多年頭來，上天終於肯讓我遇到一位正人君子不成？掌櫃思索了會，默默地拉開抽屜卻赫然發現，自己手中的鑰匙卻是僅剩的一把。

「這位公子，十分的不好意思本店僅剩一間房了」掌

第三章

櫃略為緊張地回道。就怕眼前的公子不悦，哪天自家店就被官府給端了！

「那就給我一間房吧！」若松淡然自若的，接過了鑰匙。雖說本來要弄兩房的，不過……沒想到如此小客棧？也滿房了真傷腦筋……

若松將女媧隨意的安置在床上後，輕坐在一旁思索著。似乎，還真不知道？待會該怎向眼前這睡死的傢伙解釋解釋。

此時早已入夜，房裡燈光十分昏暗僅依靠桌上的燭火照明。微微的火光照亮黑暗中的兩人，幽幽的月光透過窗紙，微微的透露出了一縷光。那道光輕輕地照印在了地上，他靜靜地守候在一旁。

當宋研綺翻個身踢了踢被子，若松便輕巧地將被子給蓋回去，看上去像極了老練的父親。不僅為了孩子徹夜未眠，掏心掏肺的看孩子睡覺，沒事拉拉被子、打打哈欠，欣賞著眼前的小寶貝。

「妳這傢伙還真能睡……」若松輕輕地伸出手來，摸了摸眼前這宛如陶瓷娃娃般，美麗的少女。怎感覺，自己成人父了？……

前朝之媧

而就在此時，一陣幽幽鈴聲從窗外傳來，這鈴聲略顯刺耳。讓人不禁的想遠離這令人十分厭惡的噪音，但卻又同時能使人感到疲憊？彷彿腦海中，有股力量正在促使自己睡著似的。

　　若松晃了晃腦袋，突然間短暫的耳鳴了下一股暈眩感席捲而來。然而就在這一刻一雙手緊緊的抓住他，接著那股令人作嘔的暈眩感逐漸地散去。他感受到了一股淡淡的清香，似乎薄荷般涼爽的香氣湧入了他的身體。那這種感覺沖淡了一切的不適，令他安心了許多。

　　「你……還好嗎？」宋研綺擔心著抓著若松的手不放。眼神中透露出的關心，那是他這些年來從沒體會過的感覺，見此若松緩緩地將手收回輕輕說道。

　　「謝謝妳我沒事」若松的語氣十分的輕盈，就像是害怕對方會擔心自己一樣。他頂著那股不適感，強硬的擠出了一個微笑。

　　「不過，此時還是先弄清楚點再說吧？」若松站起身來走到了一窗邊。隱約的可以透過那紙窗看見，窗外有許多的黑影正在移動著，他輕輕的將窗打開一個小縫。接著一個令人感到毛骨悚然的一幕，赫然出現在了眼前！

第三章

一排身穿壽衣的身影，正在夜幕的遮掩下跳動著，那整齊的躍步正緩緩地向前移動。前方則是走著一位身穿道袍的道士。他手持搖鈴，橙色燈籠引導著身後那一具具的屍體。那些屍體臉前都貼著一張咒符，控制著那些屍體，並讓人無法看清他們的長相。動作僵硬卻又整齊劃一的跳著，當道士再次地搖了搖那鈴鐺。先前那股令人作嘔的感覺，又再次席捲而來，但這次僅有短暫的一瞬間。一旁的女媧雙手綻著微微的藍光，替若松驅散了那令人作嘔的暈眩感。

　　「真是的……怎麼這麼巧遇上了這種東西呢？」若松輕輕嘆了口氣，隨後靜悄悄地把窗關上。

　　宋研綺滿懷疑惑地問道：「所以說那究竟是什麼東西？」

　　若松道：「江西趕屍人。」

　　宋研綺皺眉道：「趕屍人？那……是什麼東西？還有為什麼你會？……因為鈴聲變成那樣呢？」她那急切的語氣中，透露出了擔心，徬徨般的眼神。就好似，從對方的眼神裡感受到了一絲的恐懼。」

　　若松莫名地感受到了一絲雀躍感，沒想到這種小事，竟會有人擔心自己？雖然有點怪但自己卻莫名的還有點開

前朝之媧

心呢。他露出了微微一笑，輕聲說道：「沒事的，他那種鈴聲只是為了驅散，那些還沒睡著的人罷了。

緊接著若松緩緩地向前伸出手來，輕輕的將宋研綺抱到了懷中。

宋研綺擔心的問道：「那……你還會頭暈嗎？」

若松溫柔的抱緊了她，在對方的耳邊輕聲說道：「托妳的福已經不會暈了。」

當若松抱著她時，可以很清楚地感覺到，對方的呼吸逐漸變的平穩了許多。似乎自己這些話讓她安心了不少？雖說總感覺頭暈？也不就是睡睡覺、吃頓飯就好的事。

這女媧會擔心這種事還真是奇怪呢，難以想像啊……但……被人關心的感覺也不錯呢？

「早點睡吧？」若松輕輕的將她送上了床，而後者此時就像是隻小貓似黏著主人不放。望著即使睡著了，也依然不肯放開懷裡的少女，若松淡淡地思索著。

「罷了！良久過後，也許我和她之間的相識也會成為風輕雲談吧！」若松輕輕地鬆開了對方的手，翻了個身獨自一人望著漆黑的夜。伴隨著他的睡去， 燒盡的燭火也熄滅

第三章

了，黑夜裡下起了一陣暴雨。

　　趕屍人見此迅速的施法，將運送的屍體們安置在了一片防水布下，讓他們俯臥到一旁的草堆裡。而自己則是躲到了道路旁的小寺廟裡，躲避這場大雨，然而就在此時一陣風吹過！一張咒符順著風一路飄盪著，最終來到了街道上。

　　一個身影詭異地在夜中跳動著，那身影腳下的雨水嘩啦嘩啦地的響著。良久過後，只聞漆黑的雨夜裡傳出一聲刺耳的慘叫。

　　鮮血流淌在地上，一旁燈籠的火光照亮了一張蒼白的臉。他有著異於常人細長的指甲，和那尖銳無比的牙齒。這場暴雨彷彿淹蓋了一切，寧靜了夜裡，那位道士死前悽慘的慘叫聲。被嘩啦的雨聲徹底地掩蓋了，而那場雨持續了一整夜。次日清晨端著供品，就要來祭拜佛像的老伯打了個哈欠，走到小廟前時他整個人都傻了！

　　空氣中瀰漫著，那令人作嘔的血腥味！順著地上被染紅的雨水，他戰戰兢兢地往小廟看去。小廟裡地上和牆上都布滿了血跡，而順著血跡緩緩望去，出現在眼前的，赫然是趕屍人死狀悽慘的屍體！他的身上布滿了許多多細小的孔洞，鮮血就是從那些地方流出來的。

前朝之媧

空氣中瀰漫著一股令人作嘔的血腥味，趕屍人的道袍早已被鮮血染成了紅色！手中的鈴鐺掉在一旁，燈籠裡的燭火也早已燒盡。

「這……這到底發生了什麼事！」看見此景老伯嚇的跌坐到了地上。

「這……簡直就是造孽啊！……」老伯害怕的連滾帶爬跑了回去，只剩那供品散落了一地。

在一個清爽的早晨裡，若松從夢裡悠悠轉醒，一點淡淡的呼吸聲傳到了自己的耳邊？

少女喘息的微風輕輕的往臉上吹來，他睜開了雙眼。沒想到自己的胸前，竟然趴著一隻呼呼大睡的女媧！她那纖細如玉的雙手，緊緊囉著若松的身子，嘴微微的開起，就宛若一個作工精細的洋娃娃。

「這……這傢伙竟然睡姿如此的可愛？難道是仙女？……等等這傢伙，似乎是個女媧吧？」若松小聲的嘟嚷著。

略帶疑惑的看著那張可愛的小臉，她那張婉如陶瓷般潔白無瑕！就連若松都差點看得忘我了。這睡姿讓若松不禁

的感嘆道：「美人安靜的時候，總是更加的美麗？」

他伸出了手，那柔軟的小臉嬌皮嫩肉的，手感十分細膩。若松沉浸在這美好的一刻裡，明明摸著是個女媧？可他卻感覺自己像是在摸什麼小貓，因為對方就像是個小動物一樣輕？又像是個孩子似的，依偎著自己的身體睡著了？

眾多複雜的思緒，緩緩地湧上了心頭。靜靜地欣賞著對方可愛的模樣，輕輕的將她的手挪開。此刻他的動作就像是絲綢般細膩，就怕驚擾了眼前的少女。

他輕輕的推動著，靜悄悄的將身體從她身下挪開，緩緩地往床邊挪動著。良久過後，終於順利脫身的若松靜靜的看著她，彎下腰來輕聲細雨的說道。「看妳睡得如此香甜，就如同美艷的花朵般動人呢……就讓妳再多睡會吧？……」若松最後輕輕的撫摸了她的臉後，便轉身離開了房間。

早晨的客棧十分的安靜，掌櫃還在一旁打著盹。不過走出客棧後卻又是一副不同的景象了，左鄰右舍的鄰居們議論紛紛的。大夥一大早，聚在一起似乎正在討論著什麼事情？只見有位老伯正在向周圍的三姑六婆敘述著，他今早在小廟裡遇到的那件事。

「我說……究竟是什麼猛獸才能做出如此駭人的事

前朝之媧

啊！」老伯和一旁的激烈的討論著。

　　「是妖怪造孽嗎？……」一旁的青年思索了會提出了自己的想法。

　　「不，肯定是山林裡的猛獸所為！」另一位看似更加年長的壯漢理直氣壯地喊道。

　　「不不不，我認為肯定是更可怕的東西啊！」那老伯挺著腰回嘴了過去。

　　聞此若松走到了人群中，穿著一身漆黑的貴公子，很快就吸引到了眾人的注意。他不急不慢的緩慢走到了老伯身前，優雅又禮貌的詢問著稍早前所發生的事。聽聞趕屍人所發生的慘案後，讓他不禁的聯想到了昨晚看到的那東西。那隊身穿壽衣的趕屍隊伍！

　　良久過後，在客棧的小房裡宋研綺打了個盹，本打算蹭一蹭自己的若松，順帶咬幾口下午茶？但回過神來，卻驚訝的發現！對方早就起床不知道跑哪去了！？一旁的床鋪空蕩蕩的讓她失望了會，但隨後一個熟悉的聲音卻從一旁傳來。

　　只見若松，在一旁的椅上悠哉的說道：「睡醒了，就

快點來吃早餐吧？」

　　見對方突然從床上消失似的，宋研綺正著愁找不到對方。接著下一秒若松就自己鑽了出來！本來正想要抓著對方，就是一頓爆揍的女媧！在看到了桌上的早點後，有些許訝異又有種十分暖心的感覺。直接就把那種，想要把若松海扁一頓！交代行蹤的想法拋之腦後！

　　宋研綺爬起身來，傲嬌的嘟嚷道：「哼⋯⋯你這傢伙死去哪了？知道我有多慌張嗎？」

　　若松笑道：「替妳準備糕點去了呢？」

　　聞此宋研綺再次臉紅了起來，坐到椅上看著這一桌的早餐。沒想到這傢伙，有把自己昨天所說的話聽了進去？見桌上擺放著的是一壺茶和一盤小蛋糕。

　　望著對方若松輕輕地說道：「妳的糕點，我的可愛的小姑娘」

　　「你還真特地為了我準備了糕點？」聞此那溫柔體貼的話語，讓宋研綺羞澀的遮起了小臉。

　　若松喝了口茶後，悠悠道：「是昂，難不成妳真當我傻了嗎？」

「沒想到公子您也會如此體貼呢」宋研綺掩起嘴來笑嘻嘻地說著。她拿起了桌上的糕點，咬了口後細細地品嚐著。

　　而他則是一如往常的安靜，優雅的喝著茶，殊不知？看久了，某些東西就更順眼了。那是一種即使表面平靜如風，也依然藏不了的感覺。

　　看著宋研綺那副可愛的模樣，此刻若松端詳著下巴。用著宛如欣賞藝術品般的目光，望著對方。但卻總感覺眼前的女媧？有一種難以用言語描述的感覺。是因為……女媧身分的關係吧？

　　傳聞裡，女媧一族具有蠱惑人心的本能，精通巫術祕法？不過？即使有蠱言惑眾的詛咒，我也不會中蠱的。「期望……如此吧？」他輕聲的碎念了句。

　　良久後，喜愛甜品的女媧，很快就把那塊蛋糕給消滅了！不僅吃得乾乾淨淨的，吃完後還不忘喝口茶。著那嘴角上殘留著點渣渣，就可以看得出這嗜甜的女媧，是多麼熱愛甜食了！

　　待對方細品完糕點後，等待許久的若松道：「吃完了吧，今天晚上妳和我得一起去處理點小事。」

第三章

若松又再次的品了口茶，悠哉悠哉的喝了口茶。隨後將早些時間上所聞之事，告訴了宋研綺。若松慵懶地說道：「昂～所以都清楚了嗎？」

　　他的語氣十分的悠哉，聽著他那溫和能夠使人感到放鬆的口語。彷彿在說著那些小東西，對他而言絲毫不起任何的威脅似的。而他那柔情的眼神，更專注在了眼前了少女身上。

　　只見他縱容地從小布袋裡，拿了張咒符，而這就是昨晚那些屍體身上的黃色咒符。

　　若松道：「這是我剛才撿到的雖有些破損了，不過稍微加強下，應該就可以輕易控制了吧？」他微微的傾斜著那壞笑著，將手中的黃符交給她。只見他從包裡，拿出了更多相同的咒符。

　　「這是……那些東西身上的嗎？……」輕輕地接過那張略顯破敗的咒符，上面畫著幾個大大的紅色符字。看起來字跡依然十分的清晰，上面還殘留著些許令人不安的氣息。

　　「有一種道士的氣味……那種咒術，總是搞東搞西的。沒控制好就很容易失控。」宋研綺感受到了上面殘留著的法力。用著一種，略為鄙視的語氣說著，看上去她十分厭惡這

種道法。

　　若松道：「道士們，總會搗鼓出很多麻煩的事嘛？」
頓時一陣微弱的光芒，緩緩的出現在了少女手中的咒符上。
可以很明顯地看見那些紅字，不僅更加的清晰同時也更加的
豔紅了。宋研綺輕輕的將那張黃色的咒符遞了回去。

　　宋研綺道：「我稍微加強了下，不過……接下來呢？」

　　「那就得看今晚的情況了。」若松接過咒符後，將它
給收入了袋裡。

　　許久過後已經入夜了，趁著夜深人靜時若松點燃了一
盞提燈。兩人依偎著彼此走在漫無人煙的街道上，一路徑直
地往小廟方向走去。一路上陰氣沉沉，夜裡寒冷的風席捲而
來。

　　宋研綺顫抖著身子道：「我説……一定要在這總時候
出門嗎……好恐怖。」

　　只見那膽小的女媧，直接死死的纏上了若松的身子不
放，就像是黏主人的小貓。

　　「女媧竟然會怕黑？還怕殭屍？」若松有些訝異，一
臉不可思議的樣子。就像是在說，為什麼世界上會有女媧怕

第三章

這種東西？明明自己應該，會是更恐怖的存在才對吧？

「要……要你管！給我好好看路！」她紅著臉，嘟嚷了幾句憖憖罵道。

良久後，一座小廟出現在了兩人身前。燈的火光，緩緩地照亮了那座小廟，牆壁上分布著許多乾固的血跡。若松觀望著四周，看見雜草中的黑色的帆布，他徑直地走了過去。

「我看個東西」若松輕輕地抽出了自己的佩劍，利用手中的繡花劍緩緩地，抬起那黑色帆布。卻赫然發現布下有許多破爛的咒符，就和自己袋裡那個一模一樣。

若松皺起眉道：「看起來我們可能會有點小麻煩了……」

「麻煩！？……」聽到此話宋研綺整個人就不好了。本來就已經怕得要死了，如今遇到此景，她更是害怕到顫起了身子！心想著難道一個恐怖的東西！還不夠嗎！為什麼有這麼多啊！？該死的道士，為了錢這麼不要命的嗎！

看了眼地上的咒符後，若松說道：「大概有十個，數量上有點多呢！」

前朝之媧

「這麼多！？……」聽到目標有一整群後，宋研綺便癱在了若松身上。直接在上恐怖片上眼前，完美地扮演了一齣臨陣脫逃！

遇見此奇特的景象，若松不禁吐槽道：「女媧怕什麼殭屍……」

然而就在此時，若松隱約地感受到了一旁的小樹林裡，散發出了妖氣。他隱約的感覺到，有種東西正在朝著自己移動過來。隨即一個四肢僵硬的身影，從樹林裡鑽出快速地朝若松撲了過去！眼看反應不過來，要被那殭屍撕咬時，剎那間一道白光閃過，殭屍便被擊飛了數米！

只見一旁的女媧手，她雪白的手還泛泛著殘留著的餘光，驚恐的抱緊了身旁的若松。

宋研綺顫抖的身子害怕道：「你……沒受傷吧？」

不過比起前者一臉慌張緊張的模樣，後者倒是淡然自若的？似乎什麼事都沒發生似的。

只見若松道：「原來妳還能這樣啊？……還以為妳不會攻擊呢？……」

若松搔了搔頭思索著，完全把剛才恐怖的殭屍直接拋

在了一旁。就連一點受害者的感覺都沒有，淡定的觀察著身前的女媧。彷彿就像是剛才被要咬，根本其實不是自己一樣。頓時只見宋研綺紅著臉怒斥道：「你……倒是給我正經一點呀！那傢伙差點就要把你給吃了！」

而面對著眼前正鬧著脾氣的女媧，若松悄悄露出了寵溺的眼神。手緊緊地囉住了對方，同時也安撫住了她那浮躁不安的心。若松輕輕地安撫著她，在她耳旁輕聲說道：「還真是可愛呢，明明會害怕卻還是出手了？」

此時那被擊倒在地上的殭屍，再次地爬了起來。

只見他扭曲著，自己那僵硬的身軀艱難的爬起，朝著兩人衝了過來。嘴裡露出了那異於常人的利齒，眼裡充著那嗜血的慾望。他的臉色十分的慘白身上，揮舞著自己的利爪，發出了低沉沙啞的聲音！

若松徑直地走了過去，將宋研綺護在了身後，舉起了手中劍刃。他從容不迫的，將手中的佩劍刺了過去，輕盈的姿態躲過了殭屍的利爪。繞到了對方的身後，用劍抵住了對方的喉嚨！壓制住了獵物的行動！緊接著，從袋裡抽出那張加強過的咒符貼了上去。在掙扎片刻後，那東西就逐漸的安分了下來，絲毫沒有先前那副駭人的模樣。

甩去了劍上殘留的污漬，若松道：「解決了一隻，還剩下九隻？」

　　此時一旁的樹林裡，傳來了許多令人頭痛不已的咆嘯聲，聽起來數量更多而且十分的狂躁。伴隨著夜裡吵雜的聲響，數具屍體赫然出現在了兩人眼前！那些東西從樹林裡鑽了，那些東西咆嘯著！怒吼著！同樣慘白的臉，散發著殺意的雙眼！而那些屍體也同樣發生的異變！聞此若松一無反顧地，衝向了那些正在咆嘯著的屍體，直接將劍刃刺入其中一具屍體中！

　　立刻讓對方安靜了下來，但很明顯面對屍群僅憑一刀是解決不了的。就算喉嚨被刺穿了，那具屍體依然狂躁不安的掙扎著，揮舞著利爪渴望著鮮血。

　　若松一臉厭惡的說道：「噁心的東西……」他迅速的揮刀迎向那些狂躁的怪物，在一陣刀光劍影之下！只聞一聲怒吼，穢物應聲倒地！逐漸失去身上的妖氣。看著同伴慘遭毒手剩下的屍體們，變得更加的狂躁了！伴隨著那怒吼聲不斷的變大。

　　但若松卻絲毫不受影響一樣，挑釁似的晃了晃手中的刀劍，用著輕蔑的眼神望著林子裡的殭屍！

第三章

接著那些東西一擁而上，徑直撲向了若松！而他卻只是輕輕的一躍，優雅的躲過了殭屍群的攻擊。並且在空中揮了幾下，一陣刀光劍影過後，又有幾具屍體的頭顱被斬落了下來。

　　片刻後，地上多出了黑色血液，而那些殭屍則是狼狼的倒在自己那漆黑的血泊當中。靈巧的身手，令人無法窺探的劍法，即使是無思緒的傀儡，也略感錯愕。不過那些殭屍，並不會因為同伴的倒下而停住！

　　相反的，這令它們更加憤怒了！但沒有給他過多喘息的時間，一隻殭屍見同伴都倒地後憤怒地，揮舞著利爪朝若松咬去！而若松則是輕易地接下這一擊，並反借力使力，直接讓對方重心不穩地往前一跛！

　　緊接著，再抽出繡花劍繞到了對方身後！一劍砍下輕易地便肢解了那東西。

　　若松悠悠道：「嗯……似乎還剩下幾隻呢？」正當他還在數著地上的屍體時，突然一具屍體從身後的小徑中衝出！緊接著，撲向了宋研綺。

　　若松喊道：「小心！……」

前朝之媧

而當若松正揮著劍要上前保護對方時，一瞬間，一道白光出現在了她的手上！只憑輕輕一揮那屍體便面目全非，被擊退了好一段距離，還散發著滾滾的濃煙。

　　看著若松瞪大雙目的模樣，宋研綺竊笑道：「難不成你以為我真會受傷嗎？」

　　若松則是略微生氣道：「妳如果受傷了，我可沒辦法原諒我自己。」

　　接著他快速地揮舞著手中的劍，突如其然的刺向她！等宋研綺再次睜開眼時，自己身後出現的竟是正張著嘴，打算咬向自己的殭屍！

　　若松壞笑道：「所以，我才要像是這樣護著妳！」說罷，便將身前的少女擁入懷中。此時他的語氣，就像是陽光般暖活驅散了夜裡的寒冷。

　　宋研綺結結巴巴道：「你你你……你突然說這些幹嘛……我又沒怎麼樣……」這個讓人猝不及防的攻勢，她害羞地羞紅了臉。羞澀地蜷縮了起來，緊緊的依偎著他的身子。就像是貪吃的小貓一樣，貪婪地吸允著心上人的氣味，頓時幸福感瀰漫在了身上。

第三章

她使勁的墊了墊腳尖，盡可能地讓自己離對方的臉近一點，害羞的吻了上去。突然被強吻的若松，錯愕道：「妳……吃錯藥了嗎？」

　　下一刻只見一個巴掌，徑直的朝著若松襲來！片刻後，的若松臉上就多了幾個大大的掌印，孤身一人被拋棄在了一旁。看上去呆頭呆腦的，一臉委屈愣在了原地。

　　良久後，回過神來的若松憤憤不平的抗議道：「等等！我根本什麼都沒做呀！打我幹啥！」

　　被遺棄的若松，正在替自己受損的小臉抗議著，像是小孩子般揮著雙手替自己打抱不平！

　　正在此時又嘶吼聲傳來，而這個聲音的主人，正是那早已異變的道士！只見那道士仰天咆嘯道：「大膽狂徒！竟敢傷害吾的貨物！」

　　他揮舞著一把由銅錢編織的長劍，行動上比剛才那些東西還要迅速了不少。一劍劈來令人猝不及防！頓時間刀光劍影，兩把劍剎那間便相互糾纏！一旁的宋研綺眼見相公有難，立刻就搓了一顆法術球。

　　「退開！」與此同時灼熱的術法迅速襲向敵人！

然而對方卻以迅雷不及掩耳的速度，向後滑出半步！驚險地閃過了那一擊。又順手從抽出了張咒符，貼在了手中的銅錢劍上。他闔上雙眼，神神叨叨唸著咒語，接著那張咒符便燃燒了起來。那灼熱的烈火僅僅在一瞬間，就將銅錢劍給包裹了起來！

道士憤怒的咆嘯道：「吾要讓你們償命……吾要讓兩位深刻的體驗到我的痛苦！」聞此，一旁才剛遭受到封印的殭屍又掙脫了束縛。那些被若松使用咒符封印的具屍體，各個逐漸地動了起來。他額頭上的那張咒符就像是聽到招喚般，自燃了起來！僅片刻，那殭屍便再次惡狠狠地朝兩人襲來！

若松優雅的輕蔑一笑，擺弄著手中的繡花劍隨意的閃開了攻擊。輕盈的姿態讓他宛如月光下的舞者般，揮舞著手中的刀劍。在一陣迅捷的劍法過後，那隻可憐的殭屍便四分五裂散落了一地！此時若松的劍，就如同是在黑血當中飛翔的舞蝶般！一身潔白絲毫沒有沾上任何髒汙。

他隨意地看著，那還傻傻待在原地的道士，伸出手擺了擺幾下。隨後若松用著柔，但卻又十分沉著的嗓音挑釁道：「道士？總是喜歡搞鼓出許多麻煩的東西呢？」

第三章

聞此那道士勃然大怒！只見他雙目散發著濃烈殺意，妖氣彷彿將吹飛無盡的夜！「你這該死傢伙！我要把你從這世間上抹除掉！」憤怒的道士迅速地衝向了若松，那把燃燒中的銅錢劍，就宛如一團熾熱的烈火朝襲來！

　　然而若松卻像是若無其事般，不慌不忙的輕鬆閃過了那一次的攻擊。接著反手一個斬擊！奪去了對方的武器，嗖了聲，那把銅錢劍被若松打飛了數米遠。那劍在空中翻了幾圈，就像是一團火球似的落在了地上，逐漸地燃燒殆盡。

　　剎那間那道士發出了震耳欲聾的吼聲，伸出了利爪便持續向前衝去！而定睛一看，對方竟將目標對在了宋研綺身上！

　　若松氣憤的喊道：「給我離她遠一點！」

　　剎那間繡花劍劈砍在了道士的手上，瞬間奪去了對方的雙手。那道士氣憤的目光怒火中燒，最後竟直接張開嘴咬向了若松！只見他壓低身姿橫跨一步，躲過了道士那滿是鮮血的血盆大口！接著那把繡花劍，宛如再黑夜中飛翔的銀舞蝶般。以優雅的舞姿向上滑去，挺直的刺進的道士的腦門上！

　　隨後若松一個反手，又將劍刺入對方體內，在一個側

身往上一翻由下而上的使力！這股力量，直接將對方的身體劈成了兩半。

此時，道士那早已變黑發臭腐敗的血液，噴濺而出沾染在了周圍的野草上。眼見宋研綺正捂著鼻，抗拒著那股令人作嘔的氣味道：「好噁心……」

若松甩去了劍上的血汙道：「不出午時，清晨的陽光便會將這些汙穢燒盡了，這道士可真是煩人。」

見若松彷彿一夜間變了人似了，宋研綺僅靠對方身旁小聲道：「你生氣了？……」

「妳都差點受傷了我能不生氣嗎？」相擁著，對視著，顫抖的聲。

「擔心……？」她先是困惑，後是微笑。

她道：「如果說你真這麼擔心的話……還真像極了個可愛的小孩子呢？……」

聞此，凶狠的面具也逐漸鬆軟了起來，他道：「沒事了……」

第三章

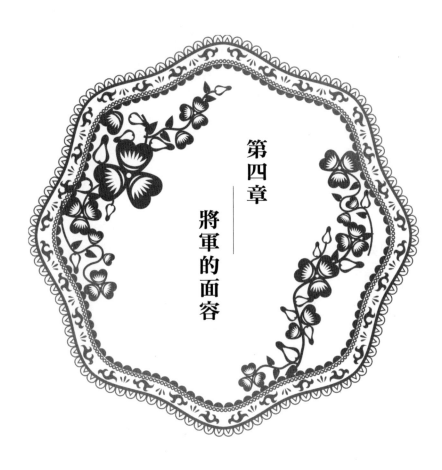

第四章 —— 將軍的面容

前朝之嫡

當太陽緩緩升起時，兩人正悠哉的漫步在一條小路上，溫暖的陽光輕輕的照在了兩人身上，

宋研綺道：「接下來我們要去哪呢？」

若松回頭望了眼先前走來的小路，一路上空曠空曠的。除了雜草樹木之外啥都沒有，他目光沒有過多的耽擱。此刻，只想將一切注意力集中在她身上。才一夜的時間兩人就彷彿穿越了不知道多遠，山野間翠綠色的景色依然悠哉自得。

若松道：「只要有妳在，即使是鮮紅的彼岸我也願意前往。」頓時少女的臉再次紅了起來，她用手微微著遮掩起了自己羞澀的模樣。

宋研綺害羞地說道：「你在說些什麼呢……」

此時兩人的眼前出現了一座湖泊，涼爽的微風裡帶著一股淡淡花香。這座湖被的內側被山壁環繞著，有一座小瀑布，那滔滔不絕的泉水，正滾滾的打在青苔石上。

青苔均勻的分佈在滿滿一面岩壁上，湖水由內而外混濁到清澈。湖畔邊一朵朵白色的野薑花，正肆意的將自己獨特的花香分散在空氣中。用著令人難以抗拒的香氣，吸引著路過的旅人為此停留。白色的小花裡，露出了正等待

授粉的金黃色花蕊。

宋研綺道：「好漂亮的湖啊……以前從未見過呢……」

若松道：「嗯、真是個景色優美的好地方，花卉的香氣令人感覺真舒暢。」

原本還掛著微笑的女媧，一見到若松那張無時無刻，沉穩又優雅的樣子，整個人都失去了興致。

宋研綺失望的說道：「你就不能夠浪漫一點嗎？……這裡明明就是個很適合約會的地方啊？……」

若松道：「我還以為是孩子們戲水的地方呢！」

「……」短短一瞬間，她感覺世界變得好安靜。

天啊！這傢伙難道，就不能浪漫點嗎？孤男寡女，身處荒山野嶺中！難道就不能好好發展麼！

若松東看看西看看的，望著遠處正在戲水的小孩道：「還真的是小孩子戲水的地方呢！」那兩個小孩一男一女，捲起了褲管在溪水邊用水潑來潑去的。那些小孩子，看上去天真無邪，總是笑嘻嘻的。

若松靜靜地看著遠處的孩子道：「妳會喜歡小孩子

嗎？」

　　彷彿像是完全誤會若松意思一樣，宋研綺羞澀的說道：
「小……小孩子……如果相公您想要的話。生個可愛的娃
也不是不可以……但相公您得溫柔點我很怕疼的……」

　　若松撇了眼，頓時感覺自己以後還是少說點話好了。
只見那女媧正害羞的遮著自己，整個人扭來扭去的，顯得
一副難為情的模樣？……

　　若松道：「我說……妳是不是誤會了什麼……」

　　若松伸出手來看似想要辯解什麼，但隨後頓了頓總感
覺若這女媧解釋下去，似乎只會讓事情更糟！要是解釋得
不好讓誤會變得大那就麻煩了？

　　作為一位浪跡天涯的大盜天不怕地不怕！唯一怕的就
是眼前的女媧，要是在想下去想成婚想瘋了，把媒氏綁過
來主持婚禮那就麻煩了……雖說媒氏也就是個見證婚姻，
發發證書的路人甲，似乎也不能做些什麼？

　　不過幸好那女媧，沒撲在我懷裡要我給她生個孩子，
如果那樣就真的太恐怖了？是吧。想到這，若松不禁的鬆
了口氣，然而下一秒……

那女媧的一句話，便粉碎了他的設想。此時，女媧卻撲到了他懷裡，還用著撒嬌似的口語扭扭捏捏説：「相公……我們一起生孩子吧……」

　　只見若松義正嚴詞道：「不了，謝謝我目前並沒有養兒育女的打算，我相信姑娘您能夠無性繁殖的。」

　　兩個小孩在水邊打打鬧鬧的，原本只是用一隻手潑點水。到後面變成用雙手奮力地將水潑出去，到最後呢還拿出了樹枝打水。

　　「嘿嘿！要讓你嘗嘗我的厲害！」小女孩擺弄著手中的樹枝，濺起了一堆水花濺到了男孩身上。

　　「我是不會輸給你的！」他側著臉避開水，接著用雙手奮力地把水潑過去。

　　不過就在此時，她突然感覺腳下有什麼東西似的。往下看赫然是一隻腐敗不堪的爛手抓緊了自己！？那雙手上還布滿了苔癬和青苔！還有那駭人的黑色指甲。頓時一股冰涼的寒意，片刻間便席捲了全身。接著一股強勁的力道把她拖進了水裡！她害怕地尖叫著，用盡全力拼命的游！但是那一雙手絲毫沒有要放過她的意思。在會後一刻她不斷的掙扎，她抓住了身旁的大石頭，但這都是徒勞的。只

見那雙手用力一拉，便把她連同那石頭一起拖入了水裡。

　　而若松則是目不轉睛地看著這一幕，皺起眉來似乎在思索著什麼，接著他握住了佩劍的劍柄！

　　只見若松突兀道：「嗯？……最近的小孩真有趣，小小年紀就開始玩潛水了。」

　　面對這呆如木頭般的若松，宋研綺不禁吐槽道：「那不管怎麼看，都是被拖進水裡吧！快去救人啊！」

　　若松道：「嗯？……把人拖進水裡的東西，那可真麻煩。」

　　若松看了看眼前的湖泊，停頓了會道：「這樣我身子會濕的。」

　　宋研綺道：「那……我給你上層防水的法術吧，我也怕你著涼了。」

　　伴隨著一陣淡淡地水藍色光芒凝聚在了手中，宋研綺俯下身來用手輕輕的點了下湖水。頓時那水如同絲綢般，纏繞在那如瓷般潔白的手上。水絲緩緩地駛向了若松，將他給包裹了起來，並形成了一層清晰半透明的水薄膜。若松伸了伸手，看著那層薄膜隨意地擺動著，就像是衣物般

第四章

的附著在了自己的身上。

若松小聲笑道：「這還真是神奇呢！」

伴隨著一陣嘩啦啦的水聲，兩人潛入了水裡。眼前的視線也逐漸變得十分的黑暗，就在這時一陣微光從若松的身後傳來。宋研綺的手裡泛著淡淡的微光，臉上略帶著微笑。看上去就像是正在找主人邀功的小動物似的，若松看了眼後便轉了回去。

那陣光照亮了水底，讓兩人可以勉強看見一些東西。地上滿滿的泥沙？還有一堆貝類？偶爾會有幾條小魚？在更遠處則是更加漆黑黯淡的湖水，兩人緊緊的依偎在一起。依靠著宋研綺手上的淡淡微光，緩緩地向前游，觀察著四周除了一片漆黑還是一片漆黑。

這座湖的中心點是布滿藻類的，因此也就有了這麼一大塊區域是見不得光的水域。在黑暗中摸索了會後，若松感覺自己隱約的聽見了瀑布的聲音。於是就拍了拍宋研綺的身子，示意對方按著自己的方向游。隨著瀑布的聲音越來越大，有一種詭異的藍光也緩緩地冒了出來。只見水底的岩壁上有著一個小洞，藍光正是從那小洞裡鑽出來的。

若松看了會後毅然決然的游了進去，進到洞裡後這地

方看上去像是一片小水池。從水中游出後入目眼簾的，是一座陰森又詭異的水底洞窟。四處都分布了許多的鐘乳石，而那詭異的藍光便是從這裡散發出來的，只見頭頂上那些鐘乳石的底下凝聚著不少的藍色物體，看上去就像是寶石般散發著微弱的光。

若松道：「好多發光的石頭。」

宋研綺道：「如此珍貴的寶石，你竟說是發光的石頭？……」

只見若松望了眼那些寶石，淡然自若地伸了個懶腰，很顯然對他而言，那依然是石頭。

若松道：「比起寶石，還是人重要吧」

他踏著輕盈的步伐往洞窟裡頭走著，藉由著女媧手上那微微的光觀察著這座水下洞窟，到處都是坑坑巴巴的凹凸不平，但地上卻留有了一點藻類的痕跡。

若松順著那藻類的痕跡走著，兩人偷偷摸摸的在轉角處望出頭來，只見那抓走小女孩的怪物還慢悠悠的抓著手中的獵物，而那小女孩則是早已昏迷了過去，就像是一塊臘肉似的被拎著。

第四章

若松小聲道：「找到了……」

宋研綺敲了敲若松的肩道：「不快點的話！那孩子會被吃掉的！」

相比於宋研綺擔憂的麼樣，若松淡定了許多。

只見他輕輕的將手放在了佩劍上，緩緩地向前摸索過去最後，正當那怪物來到了一個轉角，正要往洞穴更深處走去時，剎那間利劍出鞘。只聞那怪物發出了慘烈的吼叫聲！一隻斷臂掉落在了地上。

若松拉走女孩喊道：「快！」

宋研綺將那小孩往後拉護在身後，只見孩子迷迷糊糊的睜開了眼，但隨後又昏了過去。

怪物怒吼著發出了嘣嘣嘣的叫聲，用力一隻手抓向了若松的繡花劍，那怪物的手掌上長了不少藻類。綠色的爛手上，分布著許多零碎的藤壺，而那傢伙正是用掌中的藤壺，緊緊的扣住了若松的劍。當那一縷白光照到那怪物臉上時，赫然出現了混濁灰黑的大眼，那雙眼就像是魚一樣。那面目猙獰的人臉上，還有著非人的獠牙和利齒，而那些牙齒全部都暴露再了唇外。

見此，若松皺起了眉道：「水屍妖……」

若松用力一端，將那怪物端開後奪回了劍的控制權，一個側轉瞬著身子旋轉的方向用力一劈！那劍直接硬生生的，將那怪物僅剩的另一隻手也斬了下來！在光的照射下，鮮紅的血液頓時飛濺了出來！只見那水屍妖依然不肯罷休！

即使雙手沒了，那怕用嘴也想給若松咬上個幾口。那東西仰天咆嘯了聲，發出了那刺耳的鳴叫聲！就在此時，刀光劍影之下！若松迅速地便將那東西一刀斬了！眼見戰鬥結束，宋研綺緩緩的從後走來道：「那是什麼？……」

走著走著女媧手中的那縷光，把那怪物的身子照得更清楚了。

那東西就宛如從地獄中爬出的鬼怪似的，腳上還長著和青蛙一樣的蹼。就連散落在一旁的手，那指間中也有蹼。定睛一看那詭異的東西上，位於脖頸部分還有幾個鮮紅的魚鰓。此景實在是讓人難以想像，這種怪物究竟是什麼東西。

聞此若松道：「水屍妖，一種生活於水下的一種嗜血怪物，喝人血食人肝是一種極為邪惡的妖物。」

第四章

宋研綺疑惑道：「水屍妖……？那東西以前也是人類嗎？」

若松道：「並非如此，那種東西是誕生於深水中的妖，沒人知道他們是什麼，但他們總會對人下手。」

他說著說著，便將目光望向了一旁那昏睡過去的小孩子道：「那孩子怎麼樣了？」

宋研綺道：「那孩子只是昏去罷了，那這種妖物就這樣解決了？」

若松道：「不，水屍妖最讓人困擾的便是，他們是群居的妖物雖說十分的脆弱……。」

正當若松話說到一半時，恰巧此時洞窟更深處傳來的嘩啦嘩啦的水聲，聽起來像是有某種東西往這裡來了，伴隨著的是一股尖銳的叫聲嘰嘰嘰的，而那種叫聲竟直接響徹了整個洞窟！

見此若松慌張的喊道：「不好！快帶孩子走！」

說時時那時快，頓時無數個水屍妖便從暗處走來，當白光照到他們時那群東西面目猙獰。看上去眼神中充滿著一股濃厚的殺意，更有甚者直接從嘴中將那令人作嘔的唾

液流出。群聚在一起的水屍妖發出了種共鳴聲，那是一種更加低鳴的囁囁聲，就像是在討論著什麼似的。

只見水屍妖中徑直走出了個身型較魁的傢伙。那東西就像是千百年沒見過肉的人似的，舔了舔自己外露的巨大牙齒。若沒判斷錯的話，眼前這傢伙，便是這群水屍妖的頭頭了。見此，若松語氣異常憤怒道：「還愣著幹什麼！帶孩子離開！」

她則是虛弱的喊道：「但……我不能拋下你！」

此時她的臉上不止是擔心，不知為何若松感受到了那語氣中略帶著懇求。

他道：「事情結束後我會陪妳的。」

那身型巨大的傢伙露出了輕蔑一笑，長滿爛膿瘡的巨手隨手就掰斷了一旁的石柱。直接將石柱子砸向若松，後者則是驚險地閃過了！那身型碩大的水屍妖不僅更加的靈活，力氣也大了許多只見他咆嘯一聲，眾屍妖便跟著吼叫了起來。而一旁的小屍妖則是早已按耐不住飢餓，直接略過了若松撲向了那昏迷的孩子！

見此宋研綺喊道：「髒東西！」

第四章

頓時一陣白光閃過，那屍妖直接被擊飛了老遠，而剩下的屍妖則是也漸漸的靠了過來。看了眼身後的那小女孩，宋研綺這是則是聽從了若松的話，抱起孩子就往外跑去。

　　走前嘴裡還嘟嚷道：「要是你這傢伙敢受傷就完蛋了！」

　　而那手中本來用作照明用的光球，則是被她隨手一拋掛在了頂上的鐘乳石上。就像是一盞小燈似的，微微的照亮了陰暗的洞窟。但儘管有了光源，但這裡大多數地方依然是黑暗的。此刻，無數小屍妖如潮水般蜂擁而至，隨著又一陣閃爍不斷的耀眼光波！剎那間無數屍妖被熾熱的白耀吞噬，牠們發出了極度痛苦的吶喊。但這依然無法阻止，那份嗜血如命的食慾！那群屍妖只停頓了會，便再次發起了衝鋒！

　　而就在此時若松則輕盈的滑開了身子，手中的劍早已蓄力待發，隨時準備順著主人的意識斬向敵人。

　　只見那屍妖頭頭樂呵呵的道：「你無路可退了……成為糧食吧，接著我會殺了那兩個人。」僅僅不到一刻的時間，那些屍妖便全部湧而上將若松團團包圍了起來。嘴裡嚷嚷著令人難以理解的嘮嘮聲，只見那若松沒了先前那副氣憤的模樣。他那逐漸睜起的眼裡，瞳孔中赤紅的血絲，

染紅了那純白眼膜。黑色的瞳孔變得扭曲，如鷹般的眼眸逐漸嶄露了出來，散發著一股不祥的氣息。

若松道：「若我為凡人，那麼我怎能夠知曉你們呢？」

聞此那屍妖頭頭道：「若非人……那是什麼？」

那東西的聲音十分的模糊不清，就像是低鳴的碎念中在混雜的瑣碎的噪音。

「沒什麼，不過是行走江湖多年的賊人罷了……」，「至於更多的？……」

若松道：「這您便無需知道了」，與此同時只聞短蕭鳴聲貫穿黑暗。

語畢若松將劍刺入了一個襲來的小屍妖腦中，那傢伙掙扎了幾下後便一命嗚呼了。隨著劍刃的刺入，蕭的鳴聲變得更加旺盛，就好似……正可望著敗者的鮮血。見同伴被殺剩下的屍妖們看上去更加聒噪了，那種嘶嘶聲變得越加的激烈！剎那間許多的屍妖衝了過來！而他則輕蔑的笑著。

若松將劍抽出，迅速的斬向了另一個屍妖，接著又將劍反轉刺入了身後的屍妖體內！緊接著！用力一甩，直接

第四章

將對方硬生生的給剖成了兩半！

「諸位恐怕不知道……什麼叫不知量力吧？」

見此眾屍妖膽怯了起，牠們緊聚著，嘶吼著！「殺了！……」就在此時全部的屍妖一擁而上，若松露出了輕蔑眼神。此刻沾染黑紅色霧氣的短蕭，獨自吹奏出了令人不安的詭異旋律。

優雅的甩去了劍上的污血，傾著腦袋望著前方，彷彿……看待愚蠢之人般地，注視著。正當屍妖要將獠牙咬向若松時，他一個轉身直接向對方給斬落在地。只見那傢伙發出了悽慘的吼叫聲，剎那間更多的屍妖同時出手！但這些都是徒勞無功的！一陣刀光劍影過後。第二隻、第三隻，那些飢渴的屍妖一個個的，被若松當成了待宰的羔羊似的，掀起了一波大屠殺。

若松淡淡道：「當你們獨自面上我時，凡人將軍怎能不老不死呢？」

他逐漸的狂妄了起來，他仰天狂笑著，原本黑色的眼眸徹底轉為了鉻黃……緊接而來的便是那群屍妖無知的慘叫聲了，他的佩劍宛若孽海孽花般，屠戮著。血雨直接染紅了若松身上的水薄膜，那把繡花劍上早已不知沾染了多

少的鮮血。散落一地的屍首彷彿可以堆疊出一座屍山，無數殘肢斷臂還在流淌著鮮紅的血液。他輕蔑的踐踏在了屍妖的屍體上，望著眼前十分慌恐的屍妖首領。

　　將劍指著屍妖道：「如今您還敢將我稱為人嗎？……」而他手中的佩劍，滴淌著屍妖的鮮血。轉眼間，那屍妖顫抖著身子揮著那石棍砸向若松，然而這次這一擊並沒有被閃避。只見他僅憑單手，便接下了那一擊，輕浮的神情裡，無盡的鄙視。接著若松輕輕一躍，優雅地輕輕踏到了那屍妖手上，鄙視的目光入目眼簾。

　　他輕聲説道：　「我以自身為罪，身承血債如罪，而我給予你的死亡，便是我最大的慈悲了……」

　　接著，甩去鮮血的劍凜如白雪般，輕盈的刺入了巨手裡！反手一轉變將那手給卸下，鮮血頓時有如潮水般噴湧而出，而那冰冷的刀劍又一揮！便直接的奪去了屍妖領袖的眼，而接下來的畫面實在是難以用言語來形容！

　　而正在此刻，蕭肆意狂妄著宣洩著吵雜的噪音。若松彷彿間化為了，漫步於血水中的舞蝶般，肆意虐殺著眼前的巨型屍妖！那居大的身影倒在了自己的血泊中，一陣刀光劍影過後只剩下了殘破的身軀……隨後出現在眼前的，便是一攤讓人難以直視的血肉。當一切塵埃落定時，腰間

第四章

上那霧氣迷茫的短蕭，逐漸恢復成了往日的模樣。隨後他甩去了劍上的鮮血，逐漸的平穩了情緒，他的眼神回覆成了原本的模樣。就彷彿一切從未發生過似的，頓時整個洞穴裡僅剩，那順著鐘乳石而落的水滴聲。而若松則是靜靜地站在冰冷的洞窟裡，道：「結束了。」

岸上那小孩子悠悠轉醒，總感覺自己就像是躺在了某種柔軟的東西上。

宋研綺溫柔的問道：「醒了嗎？」

她迷迷糊糊的望著眼前的大美人，又看了看，自己躺的東西。接著她發現了，自己竟然莫名其妙躺在別人的腿上！只見小女孩慌張地跳了起來！整個人像是小兔子似的，蹦到了男孩身後。她錯愕地從宋研綺的腿上爬起道：「這……是哪！」

一旁的小男孩道：「湖水旁的榕樹下，這個漂亮姊姊突然就把妳抱了回來」，榕樹……那小女孩思索了會，看了看一旁的湖，又看了看眼前的宋研綺。頓悟了一會兒後，小女孩驚訝道：「這麼漂亮難道……姊姊是仙女嘛！」

看見這孩子沒事似的，宋研綺溫柔的笑道：「或許還真的是呢！」那抹微笑就宛如甜膩的糖果般，瞬間就驅散

了小孩子心裡那份不安感。而就在此時湖水旁傳來了些許的動靜，只見那水突然吱吱的冒著泡。穿著一身漆黑的他，身上絲毫沒有染上任何的鮮血，見三人好好地待在樹下還笑著擺了擺手。

見等待已久的若松終於回來了，宋研綺慌忙上前問道：「都解決了？有受傷嗎？」

看著她那小跑步就像是個小動物般可愛的樣子，若松輕輕地笑了伸出手來摸著對方的小臉道。

輕輕說道：「我不是答應了會陪你的嗎？又什麼會受傷呢……」

正當他還想要說什麼，下一刻對方便直接撲在了自己的身上，緊緊的囉住了自己的身子。就像是個擔心害怕的小貓，想要依偎在主人身上尋求那熟悉的安全感。

宋研綺道：「下次再這麼晚出來，當心我揍死你」

聞此若松呆愣了一會兒，略帶尷尬地微笑說道：「姑娘妳的情話，實在是讓人難以理解呢……」

相傳南唐上國遙遠的歷史裡，有位公子他那錦繡劍，做工精美就如同他那優雅的舞姿般。優雅動人總是能夠在

第四章

不失優雅的狀況下，平靜的面對世間的任何事物。

哪怕是混亂的戰場上，他也能化為一隻優雅的蝴蝶，自由的翱翔在那硝煙瀰漫的黃沙塵土上。

那名優雅的公子名若，也是日後南唐上國的護國大將軍，平日以禮待人深受百姓愛戴。然而史冊上記載的一頁卻赫然寫上，同時南唐上國也有一位嗜血的紅眼公子。他能夠輕易地終結所有人的生命，精細的繡花劍，就如同他那精密的劍法般。毫無破綻精細又靈巧，傳聞中若是見到了紅眼公子那麼，那個人便失去了活下去的機會。

而這名嗜血的公子名松，是個史冊上少有記載的貴族公子，且世間查無此人。但卻有著這麼一個故事謠傳在戰場上，紅眼的嗜血亡魂傳言中他曾是一位富家子弟。

他轉為在戰場上的死神，在戰亂之中現身於戰場中，紅色的雙瞳便是他獨有的特徵。那手持著繡花劍刃，絲毫沾染不上任何的血液，肆意的虐殺著那些在戰場上的士兵。

良久後，看著兩個孩子在榕樹下再次的嬉鬧了起來。見此、若松欣慰一笑，放心的踏上了離去的路。一旁抱枝纏綿的初生花，彼此交錯飄逸著清香。

若松道：「不過……這湖岸邊的花，還真是香呢！」

聞此，一旁的宋研綺埋怨道：「我説你呀！怎麼都誇花啊，不誇誇我嗎？」

若松道：「考慮」。只見宋研綺面帶微笑道：「我會把你揍死的。」

許久過後兩人便見到了先前的目的地，一座小城入城的道路是石磚。踩上去和先前的荒野小徑，走起來感覺輕快了許多。城外的粉色櫻花紛紛落下，宛如粉色艷雨般，城門上赫然寫著櫻都二字。

宋研綺道：「櫻花還真是浪漫的花呢，粉紅粉紅的真可愛。」

若松道：「不知道嘗起來怎麼樣。」

若松看著那開滿櫻花的櫻花樹，望著那粉色的櫻花漸漸地想到了棉花糖……

宋研綺道：「你……沒救了。」

蒼老的城牆上斑斑駁駁的，有著許多風化過的小孔，但卻依然屹立不搖。雖説此時正是都城內的櫻花季，但人卻並沒有如車水馬龍般湧入櫻花城。而是像平常小城市集上熱熱鬧鬧的，但某些地方卻略顯冷清？

第四章

進到城中後，晃了幾圈來到了櫻都的市集上，街道左右兩側的小販們正熱情的招攬著顧客。

　　「櫻花餅！新鮮的炸櫻花餅！」、「醃製櫻花，櫻花醬菜！要買要快哦！」、「櫻花飾品歡迎參考看看！」

　　若松道：「待會先吃點東西吧？」

　　宋研綺道：「甜點！」

　　隨後只見若松略顯無奈的牽起了她，開始找起了糕點店。雖說總感覺經常吃甜食不太健康，但無奈自己身旁的這女媧，確實是個吃貨屬性？不但難以侍候，天性嗜甜如命，還是個充滿愛情小劇場的傢伙！

　　穿過了一群熱鬧的市集，兩人來到了一條較為冷清的小街上，而恰巧此時左右各有一間茶館。若松看了眼一旁的櫻花季糕點，和另一家主打熱銷櫻花茶一時難以做出決策！於是此時他閉上了眼，憑藉著直覺往前直走。就這麼走進了間，招牌寫著糕點的店舖。

　　　只見那賣糕點的老阿姨樂呵呵的喊道：「哎呀這位公子！來喝點茶水吃點糕點吧！」

　　若松隨意地觀察著店內的環境，只見身前的櫃裡，擺

放著琳瑯滿目的小糕點。看起來暫時應該不愁無法應付這女媧了？不過好的糕點……也是得配好茶的呢……

作為喜愛涼茶的忠誠粉，想到這點若松毫無顧忌了，露出了滿興奮的神情詢問道：「有涼茶嗎！」

那阿姨樂呵呵的回道：「當然有涼茶呀！這位公子！本店還有著名的醬油味糕點呢！」

頓時若松愣了愣，呆呆地望了眼展櫃中那黑糊糊的東西。

心想難道自己這次入了虎穴不成？

若松道：「我説……這家糕點店該不會原本是賣醬油的吧？……」

而就在此時那阿姨彷彿看到知音般，笑道：「對呀！小公子您可真機靈呢！本店主賣醬油附賣糕點呀！」

頓時若松感受到了什麼是背脊發涼！這次他順理的憑藉感覺入了賊窩，究竟是誰會將醬油製成糕點啊！

宋研綺滿懷疑惑的歪著頭，用著可愛的語氣問道：「原來若松喜歡這種口味呀？……」。

第四章

眼見自己早已踏入店，問東問西的，也不好離開若松只好默默地向後退了一步。緩緩地躲到了女媧的後面，藉由這女媧來代替自己面對這些黑暗糕點……卻沒想到恰巧此時！對方早已向後退了幾步？把自己狠狠地拋棄在了櫃臺前！？

　　「妳這……」此情此景讓他差點就發出了聲。如今死到臨頭了，若松不得已只好懷抱著忐忑心。故作鎮定的說道：「那……請給我來兩份普通的糕點和涼茶吧！」於是就這麼的兩人順利入座，成了這家冷清小店的唯一顧客。

　　若松緊張的打量著店內的環境，這時他才注意到其實這家小店。或許並不如預想中的那麼糟？乾淨整潔的木製桌椅，有著一股淡淡的麝香味？仔細一看，這桌上竟然還刻著櫻花的紋路，難不成現在賣醬油的人都搞起了木雕！？

　　就在此時糕點也送到了，只見那阿姨端著盤圓圓的糯米糰子，還有一壺涼茶，走了過來。看上去粉色粉色的團子，意外的正常，若松露出了欣慰的笑容，太好了！今天不會命喪醬油之手！

　　「公子你倆的茶水和糕點來了。」那阿姨輕巧地將盤遞到了兩人身前，接著又倒了兩杯茶。充滿香氣的茶水，逐漸的填滿了那杯子，茶色像琥珀帶著淡淡的果香。

前朝之媧

「這是粉色櫻花團子，那壺茶則是鐵觀音，美如觀音味道卻重如鐵，請兩位慢用。」若松聽聞後仔細地端詳了會，雖說老闆介紹如觀音般，若松卻莫名聯想到了鐵鏽的顏色。

不過就在此時，某女媧就已經開始吃起了那櫻花團子。看起來一副享受的模樣，來味道應該不錯？想到這裡若松又頓悟了會。說不定這涼茶也不錯呢？……只見那吃著團子的宋研綺開心道：「櫻花團子真好吃！」

若松心想著這傢伙有時就跟小孩子似，想著想著就端起了那杯茶淺嚐了口。不曾想，細細品味一般後，竟然沒有鐵鏽的味道？不知怎麼的臉上卻略顯失望似的。然而下一秒只聽宋研綺小聲嘟嚷道：「這茶怎有一股鐵鏽味？」

若松頓時無語了，難不成女媧的舌頭構造和自己的不同嗎？

他緩緩地望向別處，試著假裝什麼都沒聽見。就在此時牆上的海報，卻吸到了他的注意力。只見那海報上畫著幾個巨大櫻花，還有那一句顯眼到不行標題，「櫻花祭煙火晚會」。於是若松盯著那櫻花看了看，隨後緩緩說道：「今晚就去這吧！」

第四章

許久過後，夜靜悄悄的降臨了。在熱鬧的市集上，若松再次悠哉的逛著。只見他踏著輕盈的步伐，穿梭在了擁擠的人群中。而那俊美的黑色公子身後，跟著的則是一位大美人。她那身窈窕的身姿，總是會不禁的吸引別人的眼光。只需片刻，便引來了許多的窺視者。

　　宋研綺掩笑道：「嘻嘻……我真漂亮。」

　　聞此，若松小聲嘟嚷道：「自戀的傢伙……」

　　宋研綺道：「難道你就不能欣賞我有多美嗎？」

　　面對她那挑起眉，看上去彷彿說不能就會被揍一頓。

　　女媧可真是爆脾氣呢……若松想著，這送命題真是難解……

　　不過片刻後，看著街道旁的櫻花樹，他頓時悟出了什麼。見若松穩穩說道：「妳宛如日光下的艷陽，妳那優雅落下的舞姿。就宛如墜入凡間的仙女般，令我深深對此著迷不已，世上沒有人夠和妳相比的女人啊！」

　　看書看多了的若松，當場對櫻花展開了一場詩句演講！心裡沾沾自喜，幸虧看的書夠多！……

　　就在此時，一陣轟隆隆的聲音響起，只見遠處幾支箭

射上了天，並在夜空中炸裂開來。美麗的煙花照耀了那黑暗的夜，打破了那份寧靜的時刻，並帶來了耀眼而美麗的光。它那櫻花色的餘燼逐漸的消散，最後漆黑的夜空再次變得黑暗了起來。

但不久過後，剎那間頓時數箭齊射，夜空裡再次的炸出了更多的煙花。夜空上那無盡的煙花正綻放著，璀璨奪目的光芒照耀了黑夜。數之不盡的花火，組成了無數組由內而外散落的星塵。火焰光芒的斑斕照耀了寧靜的夜晚，時明亮時而殞落。寧靜的黑夜裡，轟隆隆煙花的從未停止過。

「嗯……還真是稀奇的東西呢？」、「是啊，可這硝煙花火可遠遠不及妳的美貌呢？」

「終於肯欣賞起本姑娘了？」、「切……，算你勉強合格吧！」

她撇開視線，就像是略為不滿，而若松則平靜地看著絢麗的夜空。

「至少今晚還是挺有趣的吧？」

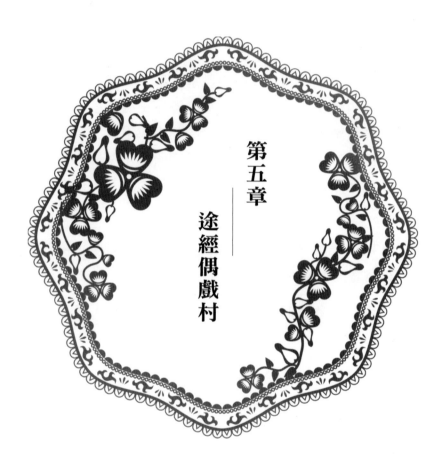

第五章

途經偶戲村

前朝之媧

「接著要去哪呢？」宋研綺略帶疲倦的問。

她用手把玩著花朵上的蝴蝶，就好似沒睡醒似的？整個女媧看上去沒啥精神。

此時早已是次日清晨，一大早鳥兒們還在優美的唱著鳥語，若松就帶著自家的女媧上路。不過每想到這一路上除了花花草草，樹木、泥土、石頭以外還是這些東西！這下可就把那女媧給無聊壞了，眼看那個女媧都開始追逐起蝴蝶了。

若松略顯無語道：「姑娘、您如此善待生命，萬物皆有靈性的小心遭雷劈死。」

宋研綺道：「你才會被雷劈呢，我這麼可愛雷公都捨不得劈我。」面對如此狂妄的發言，若松維持著一貫的優雅，腦中瞬間浮出了那麼幾個字，「不要臉」。

只見若松飄移著眼神說道：「待會前面似乎有一座城鎮，去那逛逛吧？」藉由轉移話題來避免紛爭，若松心想著經過了許久的相處，解決問題的最好辦法！那便是，再製造個全新的文題覆蓋過去，那不就得了嗎？

自己這次可不會再被這女媧搞得昏頭昏腦了！然而當

第五章

他正愜意時，對方卻又朝自己扔來了一個新的問題。

宋研綺道：「那座鎮子叫什麼？」若松道：「不知道。」宋研綺接著道：「好廢。」

若松莫名其妙的，又再次在交流溝通上，徹底的敗給了這總讓人摸不著頭緒的傢伙。此刻若松望著那遠處的白雲心想著，若自己有天也能像那雲朵般，如此隨意的飄盪就好了？就像是？美好的退休大盜生活？但，還十分遙遠吧。

無憂無慮四處漂泊放眼望世界，最棒的是不會有個給自己惹事的女媧真好……不過沒有過多的思考，他便將目光重新放到了那女媧身上。

若松道：「今天……莫名的總讓人想坐下來靜會呢？……」

良久過後兩人便來到了那城鎮前，初來乍到的兩人好奇的觀察起了那鎮子。

只見城鎮門邊上，有一個拱門上面用紅字赫然寫道：「偶戲村」。

若松道：「偶戲村……感覺會是個奇怪的村子呢。」

前朝之媧

宋研綺歪著自己的小腦袋問道：「偶戲？不就是布偶嗎有什麼好奇怪的。」

對此若松沒有多做任何的回應，只是東看看西看看觀望會這村子。街道上人來人往的人群，就和平時走在別城市裡一樣，似乎……也沒啥特別之處？

「總感覺？也沒啥特別的，就是個普通的城鎮罷了。」宋研綺慵懶的打了個哈欠，也許是因為長途跋涉了許久。此時她已略感疲倦，心想著偶戲村？……啥奇怪的名字，連家糕點店都沒有。

望著埋怨的女媧，若松輕聲回道：「雖說……看上去十分的平淡。不過妳真沒察覺，這裡有一絲詭異嗎？」

宋研綺疑惑道：「詭異？……這麼說的話，這裡是挺安靜的？」

不過仔細思索會，自從來到這裡以後，似乎就連點人聲都沒，用寧靜來形容也不為過？因為，不僅是來往不斷的路人，就連小販也一言不語著實詭異。

「……確實挺詭異的？」

若松道理：「要不我們倆待會去市集看看？這裡安靜

地跟鬼似的，真恐怖。」

面對若松這般話，宋研綺露出了一臉鄙視的目光說道：「你連鬼都砍過了，跟我說鬼恐怖？」

聞此若松也不禁的吐槽道：「切，我才不害怕那些東西呢！」、「會出此言，只是為了調查清楚罷了。」

用若松的話來說，也就是說各種妖魔鬼怪，那種陰森森的東西，在他眼裡啥都不是就像是野外小怪。但那種似人又似鬼的東西就麻煩多了，既如人卻又不像人？若是一劍下去，就連對方是人是鬼都不知道！想想就挺麻煩的。

宋研綺道：「哦？也就是說我似人似女媧的也挺恐怖的囉？」雖說對於女媧文語理解能力本身就沒什麼信心。

但為此若松還是無語的沉默了會，接著用著那充滿決心的眼神望著對方。

既然……說不通的話？就坦承交代吧！

「對一個普通人而言，妳確實是挺恐怖的？」

宋研綺的小臉上剎那間浮現了一絲的青筋，看她那副握拳透掌的模樣！若松待會的下場可想而知。

許久過後，若松的臉上不知為何多了幾個包？整張臉看上去腫了點，而本人卻依然愜意的逛著市集。

　　「精美的布偶戲，孫侯大戰牛魔王！」只見一旁有位小販正在招攬著顧客。而那攤販前早已聚集了一夥的孩子，只見那簡易的木桌上擺放著一個木製盒子。那些小孩子則是滿臉期待地望著那神秘的木盒。

　　宋研綺道：「不妨看看？」

　　若松隨意地望了望，心想著反正也無聊？便帶著自家的女媧也靠了過去。仔細一看還發現小販身後還有個乾草棒，上面插著不少的糖葫蘆，看上去這小販也真有生意頭腦。既賣糖又賣戲的哄著那些孩子，那是一個愛不釋手！那些孩子們都滿懷笑容的聚在了小攤前。

　　年輕氣盛的小販熱情的喊道：「就快開演了！此日我將替各位表演一幕精彩偶戲！請盡情期待！」

　　頓時那木盒上的小窗中突然多出了幾分飾品，桌椅家具一應具全，儼然就是一處小屋似的。但背景圖卻依然是那副灰黑色的洞窟，這時那小販正站在那木盒後隨意的操縱著絲線。只見剎那間一個猴樣的木偶出現在了舞台上，而和他同時出現的則是一個牛頭人，兩人手持兵器猴木偶

手持一根大棒子那牛則是一把大斧子，只聞那小販開始用腹語替木偶配起音來。

「老猴！這次你休想在逃！老牛要將你安葬在這石灰洞之下！」

「啊！哈哈哈哈！老牛你可真會説笑呀！」

只見那猴木偶以迅雷不及掩耳速度直接撲向對方，用棍子朝對方的腦袋瓜直接敲了下去！後者則是迅速的抬起斧子一接擋下的攻擊，彼此互不相讓！兩個傢伙打得難分難捨的，台下的孩子們則是樂開了花，著期待著接下來究竟是誰輸誰贏。

「好傢伙！陰招呀！」只見那老牛一用力，直接把那猴推了數米遠緊接著是一個斬擊！但卻被對方躲了過去，那猴子調皮的晃了晃身子，接著又用棍子敲了回去！

轉眼間，老牛的斧子便被猴子敲進了牆上。

「哎呀！老牛啊！真遺憾您……還是太嫩了啊！哈哈哈！」

那猴子笑嘻嘻的像是潑猴似的，不停的嘲諷著那氣憤地老牛。猴的身手十分的敏捷，只見他一下子就閃到了老

牛身前上來就是一拳！對此那老牛也毫不客氣的拔起斧子又是一揮！糾纏在一起，力量不分上下的比劃著。

看到這裡若松不禁感嘆道：「這傢伙還真是賣力，一個人兩個音宛若妖似的真奇特。」

宋研綺道：「人家好好的一個大活人你怎能説人是妖呢？」

若松道：「就感覺很像雙聲音似的？……」

宋研綺道：「你……的形容方式還真是特別。」女媧對此投來了鄙夷的臉神……

對此若松感到一分差異，怎？……自己某天還會被女媧歧視的麼！

木盒中的舞台上那兩木偶依然喋喋不休的爭執著，然而此時劇情彷彿來到了最高峰的那一刻！只見彼此都將冰冷的兵器架在對方的頸上，若稍有不甚都會當場命喪於此地！在這最緊要的關頭，只見那小販小手一擺！兩個木偶就消失了？就像不曾存在似的。

接著那傢伙道：「哎呀！本劇場到此結束，欲觀看接下來的劇！請明日此時再次來訪！」

面對這麼一波操作，就連若松也不禁吐槽道：「切、掃興的傢伙……」

不過就這樣嘟嚷了下後，若松就對此罷休了，畢竟總不能拔劍逼個唱戲的把戲給唱完吧？想到這裡若松頓時停了下來，隨後又東望望西看看的想著接下來幹啥去。

只見遠處的街攤上又有許多和偶戲相關的東西，不過似乎都是些賣玩具的。看著一個栩栩如生的木偶不禁令人感嘆，這宛若真人般的小木偶真不得不佩服那木匠的巧手。

宋研綺小聲道：「不過……這賣木偶的也太多了吧？」

若松道：「確實挺多的，都一整條街了一堆奇怪的款式，反正我不玩那些玩具。」

就在此時沒了先前那群孩子的嬉鬧聲，又顯得這市集格外的安靜甚至略顯詭異。兩側都是木偶販大家又都不發一語的，雖說總看見來來往往的人中有人為此停留。

但也就只是短暫片刻罷了，那些人依然頂著那副死人模樣。那種就感覺就像是……賣個木偶整個人都快變成木偶似的？

若松道：「這鎮子還挺特別的……待會去客棧看看？」

就這樣來了趟說走就走的行程。

若松來到了一貫是熱鬧的客棧心想著，若是外地來的唱戲班子，若真到此採買偶戲之物？長途奔疲憊不堪時便會來此休整吧？不過可不曾想，沒想到這客棧不但看上去沒有外地的人，吃飯的顧客們個個都安靜地跟鬼似的。

對此若松只好拿每次都會嬉皮笑臉的掌櫃開刀。

只見若松對著店小二喊道：「小二我今天心情大好！」、「請給我來一壺店裡最好的涼茶！」

「還有兩份上等糕點！」、「大爺今天心情可好了哦！」

沒想到對方卻用著一臉淡定的模樣看了會，隨後彬彬有禮道：「恭候公子駕到，我們會替您服務的。」

這麼死板的話還有如此反常的語氣，若松心想這城鎮還真怪？要是換成上一個城鎮，那小二估計臉都笑到快炸開了，但這傢伙卻平靜的有點詭異。就像是沒有感情的木偶，做著略顯僵硬但卻又十分流暢的動作領位。

宋研綺道：「這些傢伙還真的各個都和木偶似的，安靜、無聲、就連喜怒哀樂都沒看見。」

若松道：「是十分的詭異……但或許人家鎮上的社會風氣就這樣吧，入境隨俗吧？」

宋研綺道：「隨俗？你想被製成木偶不成？」

若松道：「我才不會被製成木偶……妳這女媧總想些歪腦經的東西，就不能想點正經的嗎？」

就在此時糕點和茶也送到了，只見那小二默默的把東西放上，連句話都沒說人就走了。

若松道：「還真和木偶似的……」

嘴上雖說略有怨言，不過若松聞了聞那茶香，又看了看那白如玉的奶糕。突然間所有的疑惑都煙消雲散了！

瞧瞧那散發著牛奶味的糕點是如此的誘人啊！此景都快把一旁的女媧給饞哭了。而那略帶蜜香又紅艷的涼茶，看上去正好符合若松所愛！這樣的品色，實在難以想像是這種冷落客棧端出來的。

若松道：「這……偶戲村可真是個好地方？」

隨後他端起茶品了品茶香，細品了口……心想，這還真是間好客棧呢？

前朝之媧

而與之相比的，是眼前那雙如玉般高貴的手，正貪婪地奪去桌上的奶糕！

　　由此便可得知，那女媧肯定是個典型的標準吃貨。看著這眼前這畫面。若松喝了口茶後、略帶微笑說道：「吃多了會變胖的。」

　　只見那女媧不但絲毫不介意，還理直氣壯的反駁道：「吃胖了也沒你胖。」

　　這下可就傷透了若松的心了，他看了看自己的手又輕輕地掐了一下手。「等等，我不胖啊？」忽然醒悟的若松疑惑的愣了會。

　　那女媧依然開心地吃著奶糕，還不忘喝口涼茶。如此這般孩子樣的行，為實在讓人難以將此媧和高貴的女媧公主聯想到一起呢。不像是若松那般細細品嚐，喝完還聞聞茶香細細韻味呢？與之相反的女媧，則是吃就對了，管他的！本小姐可是女媧娘娘，您敢得罪嗎！但若松卻絲毫對那奶糕不感興趣似的，一味的品茶都快品出詩來了。相比之下，若松則是優雅地說道：「茶、還是細品來的香醇回甘又濃厚呀……」

　　當兩人從客棧出來後已是午後了，若松因為喝了點好

第五章

茶心情好了許多。看上去變得對這座鎮子更感興趣了，就在此時客棧對面那小店吸引到了兩人的注意。只見那店鋪櫥窗上擺著木偶，雖說和其餘小販差不多，但不同的是那是一間店鋪？

這倒也稀奇，一路上走來雖說是偶戲起家的鎮子，不過似乎也沒見過有幾間這樣大的店。畢竟擺攤的，不是一張桌子？就是一張毯子，更何況！整條街都還是賣木偶玩具的。也難怪兩人會如此在意那間店鋪了，畢竟格外的亮眼嘛？

恰巧此時那櫥櫃上又點亮了一盞紅燈籠，喜氣洋洋的。這倒令人頗有興致了，一般正所謂稀奇總是吸引人的！若松道：「去看看吧？反正來都來了，逛逛看這村鎮到底是做什麼的也不錯。」

不過正當兩人推開那扇木門時，宋研綺挑了眼一旁櫥櫃的木偶，個個都作工精細的。似乎價值不斐的木偶悉數排開，以各種不同的姿勢配合擺放。

不過卻總讓人感覺恍惚間有個官一樣的木偶，偷偷的眨了個眼？令她有了一絲寒意。即便如此，她依然沒有多想，但心想著八成又是偶戲師的把戲吧？說不定拉個幾條

線，那木偶還會唱歌跳舞呢！

進入屋內後入目眼簾的是，許多的木偶一字排開的景象。無數個架子上端坐著不少穿著各樣的木偶。

若松道：「這屋子還飄盪著一股木香呢！」

就在此時一個熟悉聲音從木偶中傳來：「哎呀！這不是稍早那位黑衣公子吧！歡迎來到木偶小屋！」

那聲音正是來自先前在街上表演偶戲的傢伙，若松本來還愁著上哪看戲呢？眼見戲子的傢伙就在眼前！他熱情的朝著對方揮了揮手。

若松道：「哎呀想不到還能在此與您相遇呢！」、「您先前的偶戲十分的精彩，讓我感覺挺稀奇的！」

聽聞是為偶戲村木偶來的，那賣偶戲的傢伙更來勁了！那臉笑的是一個大笑呀。

「哎呀！公子，沒想到你竟然對木偶戲感興趣！」、「來來來！本店有許多上好偶戲木偶可供欣賞呢！」

只見那樣貌彬彬的偶戲師熱情的招呼著兩人，那傢伙穿著藍色的蘭花旗袍和黑靴。看上去十分的和善，不過這

第五章

唱戲的走路的幅度可大了！光是簡單的轉個身，旗袍就會掀起會露出白色的褲管！搞得整個人就像中癌末期病患似的。

偶戲師道：「公子您看啊！這便是稍早的老猴和老牛，近距離看看肯定真實了不少對吧？」

兩人仔細地打量會後，若松略顯驚訝的發現這木偶精細程度極為逼真！只能用栩栩如生來形容，那毛髮看似跟真的猴子，牛也像是之前在路上看見過的水牛一樣。

「精緻的作工，令人難分真假若並非此等此叶，還真是讓人難以辨認啊！」

若松道：「這位先生手藝可真好啊，栩栩如生的宛如真的潑猴和老牛。」

聽見有人誇讚自己的木偶，這偶戲師又更開心了彷彿遇到知音般顛了下。

偶戲師道：「公子你過獎啦！雖說這偶確實令我操費了心思呢，畢竟這毛可不好整理。」

若松仔細地端詳著那些木偶，看上去就像是真的猴子似的。

不過與之相反的，一旁的宋研綺則是對猴子一點興趣都沒有，她望著遠處的宮女木偶思索了會。就看似想起了一些事，不過卻又困惑的騷著自己的小腦袋。這點細膩的偶戲師卻看見了，只見他徑直地走了過去，滿懷大笑的開始介紹起了木偶！

　　偶戲師道：「這位美麗的姑娘，妳喜歡這木偶嗎？哈哈。」

　　「看妳如此貌美如仙！都比這木偶漂亮多了呢！」

　　不過待會，那句話卻著實讓女媧起了點戒心。只聞偶戲師道：「您……該不會曾在宮裡待過吧？」

　　那偶戲師精細的觀察著宋研綺的衣物，做過衣服的他清楚地知道這種衣物。肯定不是普通富貴人家會出現的，往往都是更高階位的權貴才有機會穿上，又或者是說……這類衣物正是宮廷中的，只有高貴女子才有機會獲取穿上的，若非宮女那便是賊不成？

　　若松道：「呵呵，先生您還真會說笑呢，這位姑娘是和我一路走來的。」

　　見氣氛莫名怪異起來，若松警覺的護在了她身前，用

著優雅不失禮節的語氣打了個圓場。

「呵呵，公子您才是呢！途經這鎮子的人呀。」

「可是很少會對木偶感興趣的，待會在替您介紹些吧！」

只見那偶戲師繞了圈來到了兩人身旁，禮貌的微鞠身姿請示兩人往內入座。

「公子，待會我請兩位喝點茶水吧！鄙人除了偶戲！對於品茶也是略知一二的！」偶戲師樂呵呵的笑著。

這下換若松來興致了，品茶的人這還真一路上從未遇過！？於是他漫著喜悅的步履到了位上，這麼一折騰，還真放下戒心了！

只見那玻璃壺裡泡著暗綠色的茶葉，泡開的茶葉紋理清晰，若松心想是一壺好茶沒錯了！果然不出所料，偶戲師下一秒便開口說道：「這可是上等茶葉從外地來的，公子肯定會喜歡的！」

見兩個愛茶如癡的傢伙，宋研綺不解的看著那偶戲師詭異的笑容，又看了看跟著笑得若松。心想著，這傢伙該不會喝茶喝傻了吧？跟一個偶戲師這樣嬉戲，跟孩子似的。

但那傢伙又是什麼知道我曾待過宮呢？……想著想著，平常不拘小節的女媧也開始打量起對方了。那偶戲師穿著體面，看上去人模人樣裡的，性格又十分的詭異？還真讓人難以摸清，那傢伙究竟葫蘆裡賣的什麼藥。

這不禁讓宋研綺挑起眉思考，那衣物著實不像是普通賣戲可以穿上的高檔貨？要知道這女媧平時可以正所謂是，可不用腦就不用的傢伙！

這偶戲師能使她動腦也是很厲害的了。仔細一看後那偶戲師就連靴子看上去也是高檔貨。正常賣偶戲賣木偶的人可沒有這麼多銀兩呀？宋研綺莫名的又警惕了會。不過與之相反的，若松卻開心的和對方談論起了茶葉！

若松道：「茶呀還是回甘的令人陶醉！」

「公子您真懂啊！不回甘的茶一點意思都沒有！來來來喝茶！」

只見那偶戲師笑著倒起了茶水，甚至還拿出了小羊羔！？給自己和若松弄了兩杯後，還不忘替一旁的女媧也來上一杯。不過這傢伙的茶水，身為吃貨的女媧可是一點都不敢喝！心想那偶戲師簡直可疑到不行呀！

第五章

「姑娘，姑娘……您品嚐品嚐呀！這可是上等好茶喲！」見對方沒喝茶，聊的正歡的偶戲師還不忘誘惑一言。

　　不過這卻讓他在宋研綺眼裡看上去更像是怪人了，不過就在此時一旁的若松卻開口發話了。

　　若松道：「這茶著實誘人呀，不喝可惜囉！」

　　這！？兩人竟還同時蠱惑起了自己！？莫非自家夫君早已成了木偶！？「不了，我現在還不渴待會再喝吧！」

　　眼見就連若松也怪了起來，宋研綺慌忙拒絕了偶戲師的好意。

　　只見那偶戲師一臉遺憾道：「可惜了，可惜了……」

　　良久過後，當兩人走出那略顯詭異的小店後都快入夜了。偶戲師對於茶葉的話題可說是喋喋不休，兩人把茶言歡時辰之久，某女媧總感覺永無止盡的家常話，聽著都快睡著了！

　　不就杯茶嗎！……怎不停，發酵、不發酵、揉捏、揉捻、曬乾、再曬乾、殺青，按摩！？最後還得給茶葉來個馬殺雞！？這兩人怕不是傻了，要不……茶癮病入膏肓？

離開那小店走了不久後，宋研綺直接逮著那若松的手。低聲道：「我說你都不覺得那偶戲師怪怪的？」

對此聊了一下午的若松思索了會。悠道：「愛喝茶的都是好人沒問題，雖然那傢伙確實挺怪的。」

宋研綺道：「就是挺怪的才說怪吧？要不早點離開這裡得了？」

對此若松又思索了會，沒想到這喜愛糕點的女媧，還會突然化為小偵探？而且竟然會想早點離開有賣糕點的客棧？這還真稀奇。

「姑娘，您……不會被掉包替換成木偶了吧！」

頓時，彷彿空氣凝結時間暫停，一切的聲音嘎然而止！僅剎那間，雪白的小拳頭直擊面門！用力一揍，啪的一聲賊響的！堂堂一國大將，江湖大盜就此殞落！腦瓜子都被揍進牆裡了。

「切……」、「你找死是吧！」

寧靜夜色下，只聞若松痛苦的喊叫聲響徹黑夜！

「妳！……竟下如此毒手！」，他摀著身艱難站起。

第五章

她道：「切，還不是你自作死？」、「宮廷內有句俗話，自作孽不可活，知也，謀反逆賊斬！殺無赦！」

「您這怕不是昏君屠殺文武百官吧，我可從未聽聞爾等俗話……」

正摀著身子掙扎的若松，舊傷未癒下一刻又啪啪兩聲！只見那雪白的小拳迎面襲來！一個上鉤拳瞬間滅了那俗語中的謀反逆賊！頓時慘叫聲再次打破寧靜的夜晚，恰巧此刻正處入秋前夕。古時人們常言，鸝鶯秋夜鳴、伴君入秋季。想必？如此家常兩語，便是如此由來的吧。

隨著天色逐漸黯淡，一日很快便過去了。入夜時街上的商人們井然有序的，收拾著自己的行囊。那步履輕巧又鴉雀無聲，眨眼間街上的人們就如同終幕的木偶一樣步出舞臺。

此時若松和自家的女媧，正在那客棧二樓觀察著。只見她吃了紅棗乾，一手比了個小望鏡、另手拿著紅棗乾。神經專注的、彷彿就像是哪戶人家的小孩玩心未免，大半夜的窺探左房右舍的鄰居。

那女媧很顯然對操偶師壓根一點信任感都沒，不管怎想！都覺得對方就是個怪傢伙。瞧瞧她那眼水汪汪的大眼，

前朝之媧

都不知道盯著那屋子多久了，就算過了許久也依然不可罷休！整個人還趴在窗邊偷窺，若松忍不住內心吐槽到到，就妳這窺法官兵不抓妳還抓誰啊！

看著那偷窺上癮的女媧，若松道：「我説……都盯到入夜了差不多該休息會了吧？」

眼看此刻黑壓壓的一片，只剩下一盞燭火，微弱的火光照著若松快睡著的臉。若松那黑著框的眼瞼，彷彿整個人都快變成熊貓了，黑壓壓的一圈，不知道的人還以為是演京劇的？不過與之相反的是，女媧娘娘精神可大好。

「才幾點呢？公子就不行了？」宋研綺擺明沒有要讓人睡覺，用著咄咄逼人的聲音道。

若松委屈道：「姑娘，您可是女媧，我可是人啊！……」

雖説總讓人難以想像此話會從若松口中説出，不過看他那副模樣就肯定知道他受了多大的罪了。更別説，臉上還鼓著一包紗，那拳的後勁可想而知。三更半夜的這時別説是人了，連個鬼影都沒見著，更何談會憑空多出個木偶來呢？

宋研綺道：「懶惰、愛睡、公子都這樣當的麼？竟然

要一個小姑娘守夜⋯⋯？」

若松聽到這裡忍不住吐槽道：「妳？⋯⋯小姑娘，那幾拳簡直毀天滅地！竟還有理說小姑娘！？」

然而竟在此刻，門外卻傳來了沉重而詭異的腳步聲。

若松疑惑道：「聲音⋯⋯？」聽見如此詭異聲音後，他迅速的將那盞燭火吹熄了。

「我就說了守夜是有價值的！⋯⋯」宋研綺本來還想趾高氣昂的說些什麼。不過下一秒就被若松摀著嘴，一同藏到了衣櫃裡去了。

伴隨著那腳步深不斷的接近，木板嘎吱嘎吱的作響。那沉穩的聲音聽起來也更加駭人了，因為那種沉重的聲音，很顯然就不是普通人類行走時會發出的。

那聲音聽上去更像是因沉重的木頭碰撞聲，那噠噠的聲響徹了整個房間。就連若松也不經的打了個冷顫，莫非來此的是夜行魔物？

只見若松輕比劃了個噓的手勢，用著衣櫃的小孔窺視著房內。至此，女媧依舊不滿的捏了他的腰間，只見他疼的閉目卻無法發聲。透過衣櫃上百葉窗的小縫觀望著局勢，

一個身材碩大的黑影走了進來。因為漆黑的環境下若松絲毫看不清對方的長相。

只知道對方是個身材高大的東西，手中似乎還拿著什麼武器來的？可以很明顯地察覺到對方手上是握著什麼，不過具體的樣式就無法看清了。畢竟隔著這小縫也無法多看見些什麼，對此若松暗暗的思索了會。毅然決然的將手放到了佩劍上！

隨後若松自己喃喃自語道「就是現在……」

在那剎那只見他撞開了衣櫃，並以迅雷不及掩耳的速度將刀劍架在了對方的頸部上！若松憑藉著那宛如刺客般敏捷的身手，輕易的劫持了那傢伙。不過很顯然，對方一點都不吃這套似的，只見那龐大的身影往後甩手，一股巨大的蠻力迎面而來！

「竟然敢反抗？……」若松罕見驚訝了會，沒想到竟有人被自己拿劍架著脖子還若無其事！

恰巧就在此時宋研綺點亮了一盞微光，可千萬別小看這盞微弱的光芒了。只見她輕易的憑藉著手中的那盞微光，剎那間耀眼光芒照亮了整間房！

此時若松才得以目睹對方的面容，那是一個體個十分壯碩的人！準確來說或許是表面上來看是。

　　可仔細一看便可以看出，那傢伙的臉上毫無任何情緒，一動也不動的瞳孔和僵硬的四肢。以及那詭異又沉重的身軀來看，這傢伙並非是人類而更像是一種魁儡。而身處一個滿是木偶的村鎮不用想也知道，這傢伙便是由木頭所造的木製魁儡了。

　　若松喊道：「不好……這傢伙不是普通刺客！」

　　眼看那木偶正要將那碩大的拳頭揮過來了，若松便輕巧的側跳閃過了這一擊！然而就算閃過了這次的攻擊，他也絲毫不遜色的對來襲者以劍相向！只見那繡花劍直接斬下了那傢伙的手臂，但那傢伙卻像個沒事人似的，又用另一隻手打了過來。那巨大的宦官木偶，眼冒赤色殺意！睜開裂嘴，只見裏頭竟藏了個鏢！

　　「小心！」這次換一旁的女媧擔心了，因為若松的劍雖說斬斷了木偶粗壯的手臂。

　　可突然襲來的暗器這可怎躲！？慌亂之下，她凝了掌仙術便直接拍了過去！瞬間一盞白光貫穿了那木偶的身軀，硬深深的在木偶上燒了個窟弄！可沒想到那傢伙卻一點事

前朝之媧

也沒有似的，即使少了條手臂身上插了個劍。

就連身上都被燒出了個黑孔也絲毫不懼，宦官木偶再次揮起手中利器劈砍而來！巨大的身軀令人畏懼，卻也令它持分遲鈍，碩大的身軀更無法在此發揮作用。

若松輕易地閃避了這一擊，不過他身後的那衣櫃子可就沒那麼幸運了。只見那牢固且沉重的實木衣櫃，直接就給那劍砍成了一大塊木粹。慌亂下若松只聽到那女媧竟然喊道：「天呀！這東西是什麼鬼！」

還沒等若松吐槽到您堂堂正正個女媧，好歹也是神的後代之一，不就個木偶？恰巧此刻月光沐在木偶上，一縷澤光閃爍了下，似乎有著一縷細絲正在輕巧的操縱著那木偶。

「原來如此？就這程度！」

若松抓起了地上木偶燃燒的餘燼，一把撒了過去！黑色的粉末瞬間沾染而上。空中細膩的絲線剎那間便爆露了，就在此時他從腰間抽出一張符，一擰火焰便灼燒耀起！

飛躍的咒符焚盡了木偶身後的一切黑線，「果真如此！」

第五章

無須多時，下一秒那木偶應聲倒地！整個房間還為此震盪。至此，沉重的宦官刺客便被二人擊毀。

　　就在此時宋研綺靠著窗邊，卻驚訝的發現窗外赫然站著個人？定睛一看！果真那傢伙是便是稍早唱戲的那傢伙！「我就知道，你這該死的偶戲師不懷好意！」眼見事跡敗露，這操偶師倒是走的也乾脆，直接打開門就鑽回了自己的屋子去了。

　　若松望著地上那巨大的木偶說道：「現在怎辦要把偶戲師也砍了嗎？」

　　「當然呀！那傢伙想把我們給弄死耶！」宋研綺就像是個胡鬧的孩子似的，握著拳頭憤憤不平的抗議！

　　於是便這樣，若松懷抱著忐忑的心握緊手中的佩劍。來到了昔日茶友的家門前輕輕地推開那扇門，雖說對若松而言這操偶師雖說稱不上朋友。不過卻也是罕見的品茶同好了，想到突然間就要把對方給斬了，莫名還感到有點不捨？

　　若松不禁婉惜道：「沒想到，如此高雅人士竟是惡徒呀……」

對此宋研綺無語的喊道：「你竟然婉惜那傢伙？他想把我們宰了耶！」

然而正當門推開的那瞬間，一陣令人感到無比放鬆的樂曲卻從屋內傳來。那是由中央一位端坐在木桌上的琴女木偶所彈奏的。只見那作工精細的美人木偶正在彈奏著手中的古箏。

就在此時一旁架子上的木偶卻發話了，那穿著官兵服的木偶高聲喊道：「恭候公子駕到！……」

「知府大人有話一說！……」只見那木偶用著戲劇般的腔調喊著。

並將手指向了另一位身穿官服的木偶，而那木偶隨之也動了起來。頭戴烏紗帽的木偶顫著身子，猙獰的扭著身軀轉動起來。只見那東西抬頭俯視了會，接著趾高氣揚的大喊道！

「公子！您身為堂堂在上的貴族，竟敢擅闖良家婦女民房！該當何罪呀！」

就在此時，那傢伙竟拿著驚堂木用力地槌了下那小巧的偶戲桌。此刻，數個身著官兵服的也動了起來，角落裡

第五章

無數木偶傾巢而出！啪！的一聲，封閉的房內就宛若京劇舞臺般，周圍燭火全部亮起。

官兵手持著紅色的大紅木板，只見它們不斷跺著手中的木板，口中喃喃不止的喊著「威武！……」

此刻全部的木偶都跟著動了起來，不論是身著農服的、身著華麗貴服的都無一例外。那些傢伙張了張嘴用著詭異的目光注視著兩人，剎那間它們全都顫動了起來！木頭摩擦的嘎響環繞在狹小的空間裡，令人失分難受。只見那些木偶滾了滾自己的眼珠子再次停下來，原本黑色的瞳孔早已消散只剩下了一片慘白。

「現在……您還認為那賣唱賣戲的是個好東西麼……」面對如此宏大的場面。很顯然，這群木偶肯定是不會輕易地放兩人離開了。

就在此時琴聲嘎然而止，停頓了會後取而代之的是一股急促的琴聲，咄咄逼人似的朝兩人襲來！

正當兩人發現這是個陷阱時早已維時已晚，只見兩人身後的門早已重重的關上了。還發出了聲巨大的聲響啪的一聲！事情發展至了如此地步，不禁的讓人打了個冷顫。而那些木偶則是各個，都早已面目全非似的，面容猙獰如

鬼魅般駭人恐怖的望著兩人！

　　一排排木偶士兵正持在井然有序的跺著腳，它們手持手持兵器各個都穿著鎧甲，雖說如此。但它們看上去可比那琴女木偶要來的可愛多了，只見大堂中央的那琴女早已面目全非。變得如厲鬼般的恐怖飄散的長髮，正在落下一滴滴的血水，嘴裡更是長出了赤紅的獠牙！

　　面對如此場面，若松略顯不悅的道：「這下可真是麻煩了，本以為可以友好相處的？」

　　只聽她嘆了口氣吐槽道：「就說了，我討厭茶葉和木偶？」

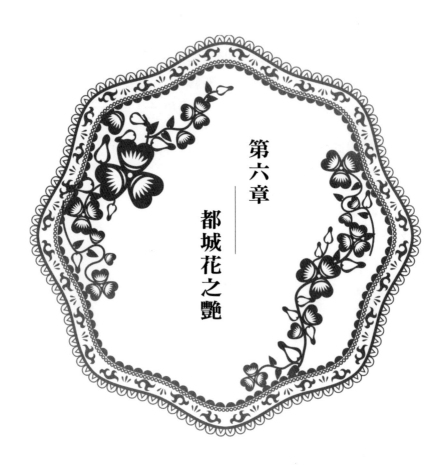

第六章

都城花之艷

前朝之嫵

「大膽刁民……會見本官還不速速跪下！」木偶知府狂妄的怒吼著，就在此時眾衙衛一擁而上！身著鎧甲手握太刀的衙衛木偶朝兩人襲來，並同時揮舞的刀刃砍向若松。

恰巧此時透過一旁的燭火照亮了木偶背上那縷細絲，絲線平均的分佈在了木偶的身軀上。早已知道木偶弱點的若松俯下身來，握緊了手中的佩刀。剎那間一把劍脫鞘而出宛如出膛的子彈般，以迅雷不及掩耳的速度攻向了木偶！木偶身後脆弱的細絲瞬間斷裂！只需片刻，那些木偶便失去了戰鬥能力。正當木偶知府還沒緩過神來，前那幾名衙衛便倒在了地上。

只見他憤怒的拍了拍驚堂木道：「您這不知好歹的傢伙！竟敢傷害衙門衛兵！心中還有沒有王法啊！」伴隨那木偶知府憤怒的吼聲，瞬間又有數名身穿兵服的木偶朝著若松襲來！但這些都是無拘於事的，若松再次揮舞著手中的劍刃。

只見那本該將若松團團圍起的衛兵們，在面對身經百戰的大盜時束手無策。利劍輕易的便斬斷了又一團細絲，在知曉其弱點後，木偶兵團在他彰顯得多麼虛弱無力。他輕易的便閃過了所有的攻擊，並斬斷了聯繫著木偶門的絲線。

再次看見手下衛兵倒下，此刻木偶知府氣得連驚堂木都不用了，直接大聲吼道：「你……會後悔的！」瞬間所有架子上的木偶一躍而起，無數個身著各異奇裝異服的木偶衝向兩人！

　　而正在此時一旁的女媧，似乎也不想讓若松出盡鋒頭似的？只見她屏氣凝神摸索了會，手中凝聚了一股龐大的能量。伴隨著那陣由白轉為清藍的光逐漸加深，她伸出了那宛如白玉般奶白纖細的手。姿勢之優雅，宛若絕美妃子起手之舞，剎那間火光閃爍吞噬了整間房！隨著烈火熊熊燃燒，灼熱的火焰吞噬了屋內的一切！不論是木偶還是判官。

　　過後，屋內便只剩下了那彈奏古箏的琴女。

　　「我說……也該結束了吧？」，但他的語氣中又略帶了些許的威嚇。

　　不過面對若松這般話時，那琴女木偶很顯然地變得不一樣了。她微微地站起身來，原本在桌上的古箏也隨之飄蕩了起來，伴隨著陣陣刺耳的琴聲。宛如惡鬼般的悲鳴琴聲讓兩人痛苦不已，伴隨著刺耳的曲她睜開裂嘴，露出其中暗器。

前朝之媧

而就在此時若松彷彿像是聽進了什麼似的，從原本痛苦的遮起耳根子縮在地上逐漸地爬起。若松忍受著劇烈的陣痛喊道：「我聽懂了妳的樂曲了……寒鴉夜曲！……」

　　他緊皺眉頭艱難的睜開眼，寸步難行的往前走去，甚至隱約還聽見了身後的宋研綺喊道：「別！……」

　　當宋研綺以為自家的若松瘋了，連忙拉著對方著衣袖，提醒若松貿然接近那危險的木偶呀！

　　不過隨後令人異想不到的便是，當若松喊出那句話後，竟然讓那琴女停頓了下來了。

　　宋研綺疑惑道：「嗯？……什麼情況？」

　　而當若松抬起了自己的繡花劍，準備一劍滅掉這令人感到厭惡的醜陋木偶時。突然間一個身影卻鑽了出來擋在了它身前，仔細一看來人竟是早已躲起來的偶戲師！？

　　「啊？……」這下可就換若松矇了，本來還以為自己是打動了什麼被囚禁的靈體之類的？這下可精彩了，莫非自己打動的是又同樣喜好樂曲的偶戲師不成！？

　　偶戲師用身子護著木偶激動的喊道：「停下……我不許你傷害它！……」

第六章

聽到偶戲師那麼一句話若松感覺更矇了，說好的大Boss為怎麼好好的沒事為了個木偶挺身而出？

若松略顯尷尬地問道：「我說……你有戀偶癖嗎？……」

只見那偶戲師一臉堅定地回覆道：「並沒有！」

事到如今若松端詳著那木偶思索了會，莫非是得意之作？……不過這作品的品味可真獨特呀。

「見先生您如此的呵護它，想必那木偶必然對您而言很重要吧？」

「開玩笑？這可是我的得意之作！」那偶戲師不悅地喊道，凶狠的語氣充滿敵意。

面對偶戲師這般發言，若松聽得差點一劍就砍了下去。不過幸好若松沒有氣憤到直接把人給斬了，念在這傢伙好歹也是品茶之人。最終若松展現出了自己優雅的品格，再次的給了對方辯解的機會。正當劍要落下時卻只是輕輕地停在了他身前。

眼見偶戲師差點就給人砍了，此時一旁的女媧一口咬著紅棗乾，正準備吃著瓜看好戲。「說，為何犯下此等滔

前朝之媧

天大罪？竟想暗殺我們。」

　　看著逐漸逼近的二人，木偶師頓時惟諾起來。「我……自幼起便對偶技十分的上心，但我家裡世代都是當官的。很快的他們便怒斥我偶戲是不會有出息的，我很討厭……我很反感……為什麼呢？」言到此處，他語氣逐漸放輕了起來，像是受盡了委屈。

　　「我製作的木偶明明是如此的精細啊！不論是誰都反對我成為偶師，但……卻只有她是個例外啊！……」說到此處，那偶戲師緊緊地將木偶包裹在了懷裡，如癡般的眼神裡透露地瘋狂！還有對那木偶彷彿永無止盡般的愛，看著那偶戲師的語氣逐漸變得略顯曖昧！？

　　「她就宛如我生命中的太陽般，她是唯一支持我成為偶戲師的。……因為她也很喜歡木偶啊，她就宛如天使般總用溫暖的微笑滋潤著我。」言此，他逐漸變的瘋狂露出猙獰，且難以直視的笑顏。

　　「啊！……如此美妙的眼睛……真令人不捨呢！」

　　逐漸的，那偶戲師開始將身子緊緊地貼緊著那木偶，整個人蜷縮在了桌旁盡可能的護著木偶。並輕輕的用手撫摸著它，用梳子替它梳理著秀髮。

第六章

「不過……直到有天她突然變了？那天我用從禁書裡學來的偶術操縱了木偶，看著那木偶扭曲的動了我很開心！我很高興啊！因為我終於成功了！……、不過她卻跟我說，那木偶好恐怖……好噁心？啊呵呵呵呵呵！」

説到這裡那偶戲師不禁的狂笑了起來！他用著癡迷般的目光呵護著，在他手裡那被他稱之為得意之作的木偶，只見那木偶依然綻露著冰冷的目光，但操偶師卻因此而雀躍了起來！

「那明明是美妙的藝術精華呀！……扭曲的樣子，那是我成功的操偶術啊！……於是……我把變心的妹妹做成了她最愛的木偶了……，緊接著是他們，還有他們啊！這樣他們就沒辦法討厭木偶了，因為我在他們入睡後我滅了他們……溫柔的把他們也製成了木偶了，很美對吧？……如此華麗！如此精美的木偶啊！……妹妹一定也很開心對吧？……啊！……哈哈哈哈哈哈！……」

癲狂的操偶師高高的將他口中的妹妹舉起！只見那如鬼魅般，令人作嘔不適的木偶被高高的舉起。而偶戲師則是露出了他那副如癡般的目光！

到此，若松沒有任何過多的話，他只是輕輕的將劍刺

入了操偶師的身體裡。

「你……為什麼無法和我一起品味這……美麗的木偶呢？」操偶師嚷嚷道，隨後倒在了自己的木偶上。

然而本以為這樣便結束了，卻未曾想到當偶戲師倒下的那一刻起。周圍的景象卻忽然發生了些許的轉變，原本好好的房？瞬間燈火全都熄滅了。剎那間原本華麗的屋子內卻積累上了不少的灰塵。

宋研綺疑惑道：「這……？」

走出來仔細一看，若松便發現屋簷下倒著許多栩栩如生的木偶。雖說它們的身型雕刻的十分的完美，有些甚至堪比鬼斧神工，但仔細看卻發現，那些木偶表面上的顏料變得十分的粗糙，不僅如此，就連屋內那些本來被破壞的木偶也是如此。

若松道：「妖術嗎？……想不到偶戲師也能成為修魔道的人還真稀奇？」

「嗯……可惜了呢，這偶戲師做的糕點還不錯吃的説。」宋研綺略顯失落地説道。腦中不禁的回味起了早些時候那客棧的糕點，但如今向前望去那客棧卻早已破敗不

第六章

堪。

　　從外面一看，還能發現櫃臺上倒著一位身穿小二衣服的木偶，看上去就是當時接待兩人的店小二準沒錯了，也罷，難怪那傢伙對錢一點興趣都沒有，若松隨意地伸了個懶腰又打了個哈欠。

　　若松略顯遺憾的說道：「不過……今晚看上去是沒機會好好睡覺了呢！」疲憊的身心看上去令他憔悴了不少，此刻只求一張舒適的好床了。

　　眼見這若松看似下一秒就要躺平了，宋研綺小聲詢問道：「你……該不會想回那家客棧睡覺吧？」此時那客棧早已破舊了不少，更何況裡面還躺著一具木偶屍體呢！宋研綺想想打死都不再去那。

　　若松道：「那還有木偶呢，免了吧。」

　　許久過後，兩人終於又一次地抵達了下一座鎮子，雖說這或許早已不能稱為村鎮而是城市了。若松望著那高聳的城牆感嘆道：「當朝都城還真是雄偉呢！」

　　「哼……還是當年的皇城比這好看多了。」宋研綺嘟嚷著嘟起嘴，看上去跟吃醋似的。

若松小聲道：「妳吃城牆的醋？……」

眼見那宋研綺紅著臉開始碎念道：「誰讓妳都不多哄哄我……壞傢伙……」

若松閉上了眼，輕輕地嘆了口氣，沒想到這年頭竟有女媧會為了城牆而吃醋？也太稀奇了吧。不過即使如此，說到底自家的女媧還是自家的，稍微說點話好了，若松思索了會。輕輕的伸出來打了個措手不及，將她給擁入懷裡。

頓時若松忽然感覺就像是囉著小動物似的，只見少女那柔軟輕盈的身軀輕輕地側躺在了懷裡。他伸出了手牽起了她那潔白如玉般的小手。「妳……在我眼裡，就宛如太陽般耀眼猶如月亮般美麗，如同無數個日月靜候在我身旁。」若松緩慢地訴說著，那語氣十分的溫和，略帶低沉的嗓音給人一種暖活的感覺。

「你……」頓時宋研綺害羞的摀著臉，心跳逐漸地加速。這簡直羞死人了呀！……連城都沒進，大清早的就在城外這樣沒問題嗎！？

然而就在這氣氛融洽的剎那，若松吐槽道：「不過，總感覺抱起來跟抱孩子似的好矮。」頓時氣氛陷入了一片的死寂……。

第六章

畫面一轉，當我們再次看見若松時，早已是他慢悠悠步行在街上的時候了。不過令人費解的是，他腦袋瓜看上去腫了一包似的？左右的兩頰還留了兩個紅通通的巴掌印。不，請稍後此刻公子那副模樣，簡直就像是受到一陣嚴刑拷打的慘狀呀！對此，若松悠然自得的觀望著遠處的藍天，一旁的女媧則是一臉不悅的悶著臉！看上去似乎發洩的還不夠，想把若松再給爆揍個幾回，最好是揍成灰也要再補上幾刀才滿意那種？

　　只聞那女媧嚷壤的喊道：「大膽若松！知不知錯？」

　　「知錯……知錯，姑娘您貌美如花，與您相遇簡直就是我的幸運呀！」為求自保。若松不堪其辱的回覆道，頓時感覺自己怎跟個店小二似的！心中黯然神傷了莫非？我將就此墮落了嗎？

　　宋研綺依然不依不饒道：「知錯知錯，知錯就好！要是在不知錯待會讓你有好苦頭吃的！」

　　正當那女媧還在喋喋不休時，遠處身著黑衣的人躲在了暗處。手中拿出了一軸畫，上面畫著的正是此刻才剛入都城的兩人，蒙面人交頭接耳的低聲説了些話。

　　就在此時，一陣譁然聲從前方的人群中傳來，只見一

位男丁高舉一面紅旗大嚷嚷的喊著。「謝家比武招親！此日午時恭候各位的到來！貌美如仙的謝家小姐比武招親！快來看看呀！」

只見那壯碩的男丁一路高喊著，身旁還有幾位侍女連路發著邀請函。這冗長的隊伍可以輕易地便看出主人的財力雄厚，除了人數眾多以外還有著許多助興的樂器。

一路上既敲鑼又打鼓的場面十分的熱鬧，最令人感到驚訝的是隊伍中央竟有座華麗的馬車！車上端坐著一位女子正輕盈的彈奏著古箏，輕盈優雅的曲風搭配上熱鬧且急促的鑼鼓聲。

令人十分雀躍不已的曲調，整體來說既樂趣卻又不失禮節。那些人身穿著略顯華麗高貴的衣物，看上去顯然就是戶富貴人家。不過崇文學雅致的若松可對這東西一點興趣都沒有。當那伙尋親對從人群中走出來後，若松下意識的往道路旁走去。本來想藉此避開那群尋親隊，沒曾想過那男丁一看見若松就像看見了個寶！

整個人舉著那大紅旗子就快步奔了過來，還用著一臉期盼的目光注視著自己！？瞧瞧那濃眉大眼的一副就是你了的樣子。

第六章

「這位公子您，樣貌清秀可定是位人才啊！有了您，主人家裡的小女兒肯定不愁找不到好老公了！」

聽見那男丁喊出這句話來，那若松瞬間感覺臉上三條黑線，本就想避開不曾想卻被一眼看上！？

「不不不……不了先生，我如此文弱書生實在不適合參加這類的場合呀……」若松推持著，為求一線生機，偽裝起了書生來，試圖以懦弱的性格給蒙混過去。

然而這傢伙不但不吃這套，竟然還高舉紅旗大喊道：「哎呀！這位公子答應了！這下我們家大小姐不愁嫁不出去啦！到時還恭候公子您多多關照呀！」

若松道：「想必您肯定誤會了……我……」面對如此蠻橫無理的傢伙，若松剛想反駁卻突然有個聲音替他反駁了，只見那女媧直接把若松推了開來，整個人就站到了那男丁身前。

宋研綺道：「這位公子我早就預定好了，恐怕他今日無法參加這趟行程了。」

她的語氣十分的強勢，尖銳刻薄的聲音與平時的相反，就連那男丁也深深的感受到了那敵意，不過雖說突然蹦出

了個美人讓自己錯愕了會兒，但這男丁看似絲毫不在意地繼續高喊！

「哎呀！公子，您的小女友都吃醋了，不過別怕！我們家的主人可是在都城當官的。哪怕今天衙門的衛兵想把你抓進了牢，老爺他依然有法子可以把你給撈出來！」

那男丁樂呵呵的高喊著，一旁的群眾聞此更加的議論紛紛了，這顯然就是直接把官威給炫了出來。看上去又有不少的青年踴躍的領了帖子，不過有些樣貌不如俊美二字的人卻被拒之門外？

看上去這些侍女不止是發帖子，還兼任了挑男人的工作，不過儘管如此，依然有許多身穿華服的人，奮力地擠進了人群裡，而這些看似不要命的花花公子，正和一群身穿普通衣物的男人們搶奪著帖子。

眼看就連這無法無天勸都勸不聽的傢伙，打算直將帖子託付給自己的心上人！頓時宋研綺就怒了！壓抑不住的怒火直接湧上心來！剎那間頓時場面鴉雀無聲，只見一位少女直接一拳把那男丁給揍倒在地。

聞此人群外維持秩序的官兵，全都蜂擁而至的圍了上來。其中領頭的人還高聲喊道：「誰！？竟敢如此無理！

第六章

是誰！光天化日之下襲擊百姓！」

眼見是情況逐漸走向麻煩的紛爭，若松望了眼身前的女媧，感嘆道女人真是種恐怖的東西呀……

然而，事到如今眼見衝突是無法避免的了，若松默默的站到了官兵的身前。本來難得來到這麼一座大城市，還想多閒晃個幾圈呢？這下可好了要是弄個不好，等等被打入大牢就慘了！此刻若松的心中那是一個萬馬奔騰。而此時身後的女媧還在嘟嚷著那傢伙不知好歹。

若松暗暗道，完了，今日恐怕得被這群官兵追著滿城跑去了！屁股都還沒坐熱呢，這就把人家尋親隊給揍了！這不管怎麼解釋都解釋不清吧！我還等著喝涼茶吃糕點呢！

沒想到這時腳下卻傳來了些許嘟嚷聲，只見那男丁就像是沒事人似的說道：「哎呀真是痛死我了……」

有人被女媧惡狠狠的揍的一拳還沒死的？

只見一臉矇的若松，戰戰兢兢地踏著貓步向前問道：「您……沒事吧？……」

「當然沒事了，老子我還年輕的很呀！呵呵呵呵……」

聽見那男丁精力充沛的回覆後。

　　若松嘆了口氣，放下了心中的大石頭，還好這下不用被一群士兵追著滿城跑了！

　　不過隨後那男丁卻一臉陰險狡詐的說道：「不過，公子大人呀……」

　　「您！……這次的比武招親可就去定了……」

　　「我可以替你和那些官兵說些話，否則之後的事可不好商量呢？」

　　若松道：「是嗎？那還麻煩先生您了……」

　　此時的他心中一涼，自己可對這種莫名其妙的活動一點興趣都沒，這還莫名的給沾上邊了！甚至整個人都得被搭進去了，這下可麻煩壞了，不知……答應了會直接出城跑了？應該行吧？希望那傢伙沒有閒到跟著我逛，然而下一刻那男丁便一語便破壞了若松美好的計畫。

　　「公子太好了，官老爺說看您如此的年輕氣盛，肯定是富貴之人！他會暗中保護您的！」

　　此時若松的心中彷彿有個聲音正在吶喊著，冤

啊！……我可一點也不需要被保護的啊！頓時一股涼意從身後傳來，只見那女媧惡狠狠的掐著若松的手不放！

眼神銳利，看上去正準備想著如何把若松給碎屍萬段。滾了滾喉嚨若松深刻的體會到，什麼是為人的難言之處啊？最終在左右兩位官兵的陪同下，若松偷偷的望了眼身旁的女媧。

那眼神銳利的，就像是隨時都要把自己撕碎似的？

此時若松緊張的坐入了舞臺後的等候區，無意間竟還被領進了 vip 席！？

看著現場擁擠的人潮還有那宏大的場面，若松卻只是擔憂的思索著。若是輪到自己都還沒有人比過那該怎麼辦來的？忽然間他感覺到了有東西正在撞自己，回過神來時發現是身旁的女媧，正用手肘頂著自己。

沒有給若松過多思考的時間，宋研綺用著犀利的語氣問道：「我說……你真要上臺嗎？」

若松略顯無奈地說道：「畢竟也沒辦法嘛，誰讓妳把人家給揍了一頓。」

對此宋研綺意正言值道：「是他先錯的，我才沒錯

呢！」

面對這看上去絲毫一點悔意都沒有，甚至有些許得意的樣子，若松暗暗的搖了搖頭。若松嘟嚷道：「這可真是……如孩子般單純的發言呢。」

擂台上那位先前舉著紅旗的傢伙高喊道：「恭候諸位的到來！」

「此次比武優勝者，將可以獲得林家大小姐的青睞！」、「但前提正是您！必須親自擊敗她才行！」

頓時全場陷入了一片沉靜，許多三姑六婆都已經開始議論紛紛。

比武招親卻是打以後的夫人？到底有人會做出這種事呢？頓時就連先前那些搶著帖子的人也傻了。雖說知道是打架娶老婆，但可沒有人知道是娶老婆前，得先和她打上一架再說呀！

若松無語道：「啊！這？……打架前還得先姑娘得揍一頓？」

此時等候區的侍女趕忙解釋道：「小姐她曾修過劍法沒問題的。而且這次的活動還是她自己提出來的呢，聽說

是因為老爺他一直要求找個女婿。

　　小姐死都不肯，最後才搞出這一椿鬧劇的。」侍女語氣平淡如閒同話家常。

　　若松思索了會，鬧劇……確實有點亂來，莫名其妙的不過……

　　若松道：「妳是林家的下人，竟然這樣說話不怕待會遭報應嗎？」

　　沒想到那侍女卻一臉悠哉的說道：「那就把舉報的人揍一頓就完事了。」

　　沒想到過了不知道幾年，這年頭都城的富人們都是靠打架解決事情的？……這年頭？還有女人是溫柔的嗎？何時世間變得如此動盪不安？京城少女各個能武善功！

　　要不得啊！想到這裡若松莫名的一陣頭疼，想當年自己待在都城時可不是這樣的呀！當官的該有的雅致上哪去了？莫非被狗啃了不成！

　　「哎呀，如果是打小姐本人的話就好辦了？若松把姑娘砍了！」

前朝之媧

「到時、就沒人能和你成婚了！嘻嘻……」

面對這女媧如此喪心病狂的發言，若松一臉無語道：「不，那會害我當場被一群家丁按在地上爆揍！」

宋研綺冷冷地道：「被打也活該，花心的傢伙！」此刻的若松腦袋一片空白，心想著自己如今會被拖到這裡可是妳害的呀！怎麼可以這麼若無其事地説著風涼話呢？真是的早知道當初就不把這女媧帶進城了！直接扔在偶戲村給偶戲師作伴，那我豈不是快活快活？

若松思索了良久後道：「那我們就等那位姑娘被擊倒，當他們慶祝得正開心的時候開溜吧？」

若松心想著，若是比武招親的話肯定有人打得過吧。那麼等那男人贏了滿城皆大歡喜，自己再帶著自家的女媧趁亂逃離豈不美哉呢？

宋研起道：「也罷就這樣吧！」

接著嘩然間一陣歡呼聲從遠處傳來，順著那臺子上去一位穿著大翩翩的衫子衣。淺色調華麗的衣物在陽光下透亮透亮的，那姑娘如同謠言中那般貌美。

其美麗程度甚至可以和若松家的女媧不爭上下，她輕

第六章

輕地伸出手來揮了揮手中的紙扇。那扇子略顯格外的單調，但上頭的紅繩卻繫著一塊家族玉墜，低調裡略顯出地位的高貴。見小姐本人出來了，周圍開始出現了許多瑣碎的交談聲，人們交頭接耳的喧嘩著。

「嗯？……怎麼那傢伙看上去不像來打架的？」

「莫非……這是專為公子準備的？直接投懷送抱不成？」

「這樣的話那就辦了，不過一個人我們這麼多人還怎麼分來的？」

只見那等候區的座位上，許多的大老爺們已經開始案耐不住了，個個都開始沉浸於她的美貌裡。更有愚昧的無禮之徒以物品來稱呼姑娘，但這種屬實為渣的人，是不可能得到美人芳心的。轉眼間那傢伙就自告奮勇地走上臺，只見那姑娘露出了個美麗的微笑。

輕輕一揮將手中的扇子合起，那位風流公子一臉癡笑的，朝姑娘走去。不曾想過在下一刻，他便會成為全場的焦點。下一秒那姑娘伸出手來，向前一丟那扇子宛如迴旋鏢般飛去！在撞到那位公子後又轉了個圈，隨後回到了主人的手中。

至於那公子？這可就慘了，摔了個人仰馬翻！不但整個人都被扇子擊倒！在地還弄得全場笑呵呵的。瞧著那張臉？看似就連發生了什麼都不知道似的。

　　那姑娘輕聲笑道：「失敗了，請回吧？」她在笑時總會用扇子遮起自己的小臉，維持著自己美人的形象。

　　看到這裡若松不禁的望了眼身旁的女媧，心想這要是某傢伙也能學學那種雅致就好了。或許是察覺到了若松的小心思，猛然轉過身來望著若松看著。

　　宋研綺挑著眼問道：「看啥？」

　　而察覺感覺自己偷窺被發現了，他淡淡的笑道：「沒什麼，單純想看看妳罷了。」隨著若松擺了擺手隨意的蒙混了會後，身旁板凳的位子也逐漸地多了起來。臺上又有許多公子直接被一扇打得出局，要馬渾然不知便敗下陣來，又或者是過於愚昧？直接被扇子給揍了頓，這樣一輪看下來似乎沒有人是那姑娘的對手。

　　此時若松左顧右顧，一片空位心想這下完了？莫非自己要上台也被扇子搧巴掌？

　　就在此時一旁的門衛不禁的感嘆道：「不愧是小姐呀，

學過武術的姑娘就是如此。」

「聽説上次還把闖進府邸的盜賊揍了個血流成河，看起來這些公子們是沒戲可唱了！」

「武術？」若松心想著，既然臺上那女的能把盜賊都揍了。那自己上去把人反揍一頓應該也不過分吧？……不過仔細想想，要是自己沒事把貴族揍一頓，豈不是要遭全城通緝不成？

就在此時又有幾位勇夫大膽的走上臺，但下一秒卻狼狽的被轟了下來。其中幾人還發出了疼痛的聲哀號聲，還有個人就更慘了從臺上飛了數米遠！似乎是不符合姑娘的喜好，還刻意被轟回了等候群的板凳上，那傢伙狼狽的叫了聲「啊」。

接著整個人摔到了凳子上，揚起的塵埃還波及到了一旁吃瓜看戲的若松，這下尷尬的情況就來了。若松這麼一等，本來是全場最不想上去打架的人，莫名就成了這場比武相親的最後生還者？

「現在，請讓我們歡聲迎接本日最後一位挑戰者！」只見臺上那傢伙大聲地吆喝著。眾人直接一陣歡聲雷動的將目光放到了若松身上，這下是想躲也躲不掉了。事到如

今，若松只好硬的頭皮走了上去。

　　臺上若松與那姑娘對峙著，雖說完全不想出手？但若是想敗下陣來，對方又遲遲不肯進攻。此刻的若松莫名陷入了進退兩難的尷尬局面，貿然出手就把怕人給弄傷了。但若不出手自己又得在這地方尷尬上好一會，說不定等到太陽落山了，那女的還不揍我不就麻煩了？思索了片刻後若松道：「失禮了」。

　　只見剎那間那扇子直接飛了過來，而若松則是一個側身閃過了那扇。接著反手抽出劍來直接將那扇子給拍到了地上，然而下一秒她輕輕的揮了揮手指。只見那扇子又以迅雷不及掩耳的速度飛了過去。若松愣了會，不曾想那扇子都已經被弄在地上了，下一秒還能飛回主人的手裡？

　　「這可真稀奇，姑娘您肯定不是一般人吧？」

　　「看來公子您的身手也不錯呢，那我可不會手下留情了」。

　　聽到這句話若松還呆呆的站著，想著不留情？難道那傢伙要拔劍砍我不成？不料下一秒那傢伙還真的拿劍給刺了過來，速度之快就連若松也沒有看清多少。只是略微驚險的擋下了這一擊，當刀械間的碰撞聲響亮的傳遍全場後。

第六章

眾人沸騰的發起了一陣歡呼，其中若松竟然還聽到了砍死那公子之類的話？心想這些百姓也太惡毒了吧，當年那群愛戴我的百姓上哪去了！？

「姑娘，如此美貌的妳搭配上這劍呀，實在是難以體現出妳的優雅呢！」

若松將劍收回反手一推，將她推開了一小段距離，接著又利用這段時間將劍刺了過去！本還當心下手太重的若松不料，對方卻一點事都沒有，反而用劍壓制住了自己。

只見若松的繡花劍在一陣刀光劍影後被扣下。那繡花劍被另一把長刀劍給壓著面地，而那姑娘卻看似絲毫不費力似的。

「公子，您輕敵了。」她用著一種匪夷所思的笑容，看上去十分的甜美宛如天使般的誘惑。但很顯然的若松並不吃這一套，畢竟整天身旁都跟了個女媧。

「妳才是呢，光靠甜美的笑容是無法讓我動搖的！」說罷，若松將劍抽回。

剎那間又一陣的刀光劍影！刀刃之間的碰撞，每一擊若有些許疏失，便會使人命喪當場。原本被轟下來的那些

前朝之媧

花花公子癡癡的看著那畫面，心想著這根本早就不是什麼比武招親了吧！

　　動用真刀讓新娘新郎在擂台上打架？到底是什麼獵奇的活動？想到這裡，原本還興致勃勃的公子瞬間喪失情慾，想著要是把那瘋婆子帶回家。自己那主宗十八代，肯定都不會放過自己，雖說輸了不過卻也是不幸中的大幸了吧！

　　那傢伙如此的安慰著自己，與此同時臺上的打鬥卻絲毫從未停止。

　　兩把劍縱橫交錯從未停止，當劍刃互相揮砍對方時總會發出響亮的碰撞聲。隨著戰鬥逐漸的激烈，雙方你一來我一往相互攻守，然而就在此時！僅剎那間的失誤，若松的劍便輕輕的滑過了對方的臉龐，留下了一絲淺淺的傷口！一條血絲緩緩地滑落，光滑的肌膚伴著那鮮紅的血珠落下。

　　此時現場傳來一陣驚呼！正當吃瓜群眾正情緒激動時，公子那烏黑的秀髮也被削下了幾根。

　　「妳還真是頑固，堂堂正正的姑娘啊？為何舉辦如此無聊的遊戲呢？」眼見終於成功造成傷害，若松的語氣十分的平穩。就好似在訴說那那招招致命的攻擊，其實就宛如一縷溫柔的輕撫罷了？

第六章

而後者則是露出了一副不悅的眼神，一臉不屑的眼神，看上去十分的不悅。「若真如此無聊，公子你還會參加嗎？」

　　雖說聽到這句話時若松略顯無語，畢竟自己本身可是絲毫一點想參加的慾望都沒有。還不是自家的女媧湊巧把人給揍了，接著自己就莫名的被拐了進來？想到這裡，若松不禁的思索了起來，回想起不禁感慨此事還真奇妙。

　　如果要趕緊離開這的話，裝作敗北或許可以，但那傢伙都拿真劍了這時候肯定會受傷的？不過⋯⋯？如果說是贏了，然後再毀約？既然如此，就決定這樣幹吧！

　　若松快速的在腦中思索著，到時要怎麼逃婚才好，趁夜色跑路？⋯⋯雖說有點狼狽，而且估摸著還會被那女媧嫌棄一般。但不這樣做又好像想不出怎麼可以安穩跑掉的方案。既然如此，就把硬著頭皮演戲演到底吧？反正也沒別的方法了。

　　而就在此時臺下的那宋研綺，看著那自家的若松在上面竊竊私語。那吃醋的樣子，可是吃到差點就把人家椅子給捏壞了，只見那怒氣衝衝的樣子看起來著實恐怖。直接硬深深的把椅子都給捏出痕跡了！

「如此美麗的姑娘，讓妳受傷我可不允許的，所以我想溫柔的擊倒妳，接著征服妳……」面對女孩子若松還是挺有一套的，總會説出一些讓人心動不已的話！在搭配那溫柔略帶低沉又有些許磁性的嗓音呀！簡直堪稱少女殺手。雖説本人只是隨口説説罷了畢竟書看多了，整個人説話的方式都快成為小説宅腐了。只見若松突然的那麼一句話，確實讓眼前這連名字都不知道的姑娘面紅耳赤著。

整張臉紅通通的，感覺就像是從未見過世面的少女，突然間撞見了溫柔的王子般奇妙。尋常富貴人家小女子，本就嫌少有與異性接觸機會，在加上耍劍的喜好更嚇壞了不少富家公子。

於是？怎麼著的，這俗套的話語台詞還真有用呢！？

「公子……還真是愛説笑呢！」此刻她的語氣略顯緩和了不少。

而若松自然是不會放過這種大好機會的，直接一個躍步蹬了過去！轉眼前兩把劍早已纏繞在了一起，若松在一陣交手後，很顯然地感覺到了力量逐漸變得輕盈？而眼前的姑娘，看上去竟也收起了那副高冷的態度？

難道情話真能奏效？若松不禁的感嘆起了自己的智

第六章

慧，但同時也想著這樣下去自己該怎麼跟女媧交代？不過眼下可沒有時間思考和猶豫了，事情都到了這份上了，不趕緊解決可就麻煩了！

　　眼下周圍一群觀眾，底下又一群官兵，不管怎麼樣都只能依靠演戲的套路蒙混過去了呀！

　　「妳……害羞地樣子真可愛呢，就像是隻可愛的小貓對吧？……」若松繼續用著從言情小說中抄來的情話，下一秒這招戰術果然奏效！

　　只見此刻那位姑娘，直接羞把臉遮起！就是這瞬間！若松抓緊了時機衝了過去，剎那間便用繡花劍擊開了她的佩劍。並以輕盈的姿態悄無聲息的貼著，溫柔的囉起她那嬌小柔軟的身軀，單膝著地輕輕將她拉倒。接著輕輕地撫起了，她那細嫩的身體。

　　若松一手扶住了她的身體，另一手則是輕輕的，替她撥開了擋住眼睛的瀏海。這下那姑娘可就徹底淪陷了，畢竟堂堂正正一個千金大小姐，可沒談過戀愛！哪經得起這般折磨呀！

　　「從今往後……要是妳在揮著劍朝我發脾氣呀！我可不會輕易地放過妳的，我會……溫柔的寵溺妳這調皮的小

貓吶～」

　　此刻那姑娘腦中婉如萬馬奔騰般，思緒整個亂的無法思考，羞到整個人都昏了過去！

　　而關於這句話的感覺上，就連若松也覺的這句話簡直羞恥到了極致。真不知道自己先前究竟，看了幾本亂糟糟的書？緊接著，自己還記住了這覺羞恥到不行的情話，最終還真的讓自己成功給用上了！

　　此刻若松的腦中，早已羞恥到想挖個洞鑽進去似的，不過為了演戲呀！最終還是忍了過去，反正這時也沒地方可鑽，弄得不好還會顯得自己跟智障似的。然而就在這時，若松莫名的發現懷中的姑娘一動也不動的。

　　見此若松高興的碎念道：「嗯？……累了？太好了終於結束了！這下只要逃婚就搞定了呀！」

　　然而就在此時現場氣氛一片譁然！一陣又一陣的驚呼聲和祝賀聲從下方傳來。此時若松才想到等候區……好像還有個女媧來的？這下好了，誰是二房呢？……

　　而當若松把眼睛撇過去時，等待著自己的卻是怒到頭髮都飄起來的恐怖女人。

第六章

瞇眼中散發著滿滿殺意，渾身溢出的能量彷彿傾刻間便能奪人性命！？不僅眼神變了，就連眼睛都宛如散發著死亡般的紅光似的……看到這畫面，若松莫名的冒起了冷汗，腦中竟浮現了自己的墓碑？還刻著被女媧揍死！這可太慘了！面對如此情景，若松顫抖的身子暗自感嘆道：「女人呀！……可真是恐怖的存在……」

伴隨著一陣的鼓掌聲，只見那位先前被女媧揍一拳的傢伙又走了過來，他臉上滿懷著大喇喇的笑容。

「恭喜公子！以後還請您多多關照了！」

此刻若松只有一個念頭那就是，把這弄得自己逼不得已上台的傢伙揍一頓！這下不知道該怎麼搞定自家那女媧了，想到這裡若松不禁止的嘆了口氣。

感嘆著人生的不易，但仔細想想若那傢伙沒這麼一弄，說不定自己現在還在跑給衛兵追呢？稍微思索了會後，若松用著略顯威脅，卻又十分柔和的語氣說道：「我可不是志願來這裡過家家的呵。」

不過那人卻格外的開懷笑著，隨後幾名侍女便來到若松身邊，替他接走了懷中那昏過去的自家小姐。而正當若松看人被接走，正打算一走了之趕緊跑了沒想到此時，不

料對方竟開口說道。

「既然贏了就請公子您，和您侍女的一同過來吧？」

莫非自己當場成婚不成？還是那人把女媧當成我侍女來的？

「嗯……不過真是侍女那倒也不錯？……」

只見若松的腦中，頓時浮現了某些不堪入目的幻想。就這樣滿懷著一身問號的若松，也莫名的被一群侍從給連推帶哄著拐跑了。

進了一輛看似十分華麗的馬車，裡頭柔軟的沙發上還坐著自己家的女媧。不過最要命的……是對方正用著狠狠的眼神死死盯著自己！只見那女媧道：「若松……你說的那些話，還真是格外的有情調呢？」

聞此，若松抖了抖身子，宛如大難臨頭般的往旁邊挪了點，直接整個人都縮到車廂角落去了！若松道：「不……不是這樣的！這……一切都是有原因的呀！」

女媧怒氣衝衝的喊著：「若松……！」隨後，那高檔的馬車內便傳來了一陣哀號聲！無人知曉若松究竟遭受了什麼，但想必肯定是一場激烈的抵抗。希望他能順利地存

活下來，不至於被揍成人不人，鬼不鬼的。

伴隨著一陣歡迎的鑼鼓聲，豪華馬車的門被侍女拉開，只見若松滿臉腫包的眼角還瘀青。

彷彿先前遭受到了什麼嚴刑拷打似的，實在難以想像這位英俊的公子究竟遭遇了什麼！此刻，原本風雲盛事的美男公子若松，如今卻被揍的宛如一顆消氣的大皮球似的！慘狀十分悽慘！

只見那女侍一臉驚訝的問道：「公……公子您還好嗎？……」

臉腫！嘴角瘀血！眼窩都成黑紫了！看上去實在是難以用言語形容，著實令人兩眼相看。面對侍女關切的詢問，若松略帶堅強的露出微笑說道：「我……很好……」

但即使是隨便一個路人，都可以透過那副慘狀，加上那抽搐的嘴角得知。若松的狀態看上去一點都不好，但卻不知為何、這人莫名的逞強著強說自己很好？

此時若松的心中是悲憤的，在他眼裡自己明明什麼都沒做！為了兩人的生計發愁，上演了一齣完美的戲劇後卻被爆揍一頓？心情著實委屈不知如何是好，最終只能默默

前朝之嫻

地將這一切都默默吞下。

　　若松身後的宋研綺也在此時走了出來，她的臉上略顯一絲的不悅，但隨後便將這份心給隱藏了起來。她露出了天真無邪的模樣，看見眼前這位如此貌美的少女，散發著不輸自家小姐美貌的氣場。

　　在場的僕人們都個個開心了起來，但只有若松心裡最清楚這樣的女人最恐怖了！

　　回想起了自己的遭遇，作為曾經的受害者而言，若松對此十分得清楚。在那看似貌美如天仙，同時肌膚如陶瓷般光滑柔亮的外貌下，那位女神的心理呀！……根本潛伏著一個暴力到天際間的女人啊！怕不是路邊的野狗看了都得退避三舍呢！

　　踏上地毯進入眼前的大房後，入目眼簾的是一座寬闊的大廳。最中央的椅子上端坐著一位身穿官服的老者，仔細一看身旁左側的姑娘便是先前的那位小姐。若松估摸著到時究竟要往哪走才好？

　　這宅子看上去挺大的，馬車也沒窗子可以看。還不知道自己到底是什麼過來的，要跑似乎又有點麻煩？而正當若松思索著自己的計劃時。只見那老者面露微笑用著溫和

第六章

的語音開口笑道。

林老爺樂呵呵的笑道：「初次見面我是這座宅邸的主人」。

「都城縣府的總督負責這裡的一切事物，今日還真感謝公子您此次參加我們的比武呀！」

雖後一旁的侍從便拿來了一箱木盒，做工精緻的小盒子打開後裡頭竟放了不少的鈔票！面對這滿滿的紙鈔，若松愣了愣不是成婚嗎？怎老丈人還拿紙鈔出來？零用錢？這下可好辦了。連跑路用的車資都可以免了，然而老者的下一句又令他更加的疑惑了。

林老爺樂呵呵道：「這是謝禮請公子您收下吧，往後便請您離開此處去外地過活去吧！」

聽完這句話若松又更疑惑了，不是比武招親？怎把招來的人給趕走來的？這年頭貴族的思路可真難懂莫非……這是買身前不成！？……想到這裡若松不禁的抖了抖，莫非那糟老頭只想要自己的種嗎！？

林老爺道：「畢竟，此次的比武招親活動只是用來避婚的呵呵……」

這下若松則是徹底無話可說了，心想著避婚……？難

前朝之娟

不成是為了告訴提親的人自己的女兒有多暴力嗎？

　　眼見若松還是不懂，一旁端著木盒的那侍從小心翼翼的靠近了若松一些，在他耳旁輕聲說道。「這其實只是因為一起聯姻邀約罷了、為此我們可以操費了心思呢！隔壁府城的小公子跑來這裡提婚，拒絕不好，接受不好，那便只好幫小姐找個假郎君花錢收買人心作戲作戲，好驅散煩人的花花公子。」

　　聽聞此事後若松身後的女媧暗自竊笑著，沒想到這若松喜得妻最後落得一場空！只見那宋研綺不懷好意地笑道：「若松呀若松……你怎給人當花瓶去了呀……」

　　見這女媧，放下重擔後還不忘嘲諷一般，果然女人真難懂……此時若松腦中莫名浮現了些吐槽這傢伙的話，可又不敢說畢竟自己可是好不容易走到今天這一步。不用逃還有獎金可拿？這豈不香嗎？若松優雅的行了個禮，從侍者那接過了木箱，在腦中拼命的擠出了些符合適宜的客套話。

　　看了眼坐在那大椅上的林老爺思索了會，沒想到這老爺也挺慷慨的！這些錢都夠自己喝不知到幾萬次的茶水了！若松優雅地說道：「是嗎，這可有勞老爺您了親自和

我說這些，我會聽從您的意思迅速離開此地的。」

　　他那卑微的行禮，不失優雅的在心裡暗暗自喜，若是換做別人可能會直接氣炸了吧？不過對於自己來說可不沉浸女色呢，還得了這麼一筆錢不愁吃不愁穿的簡直完美呀！

　　事到如今已經沒啥好煩惱的，若松面露微笑的轉向了身旁的女媧。他輕輕的依偎在了她的身旁，將自己盡可能地貼近會，用手遮著自己的嘴小聲私語道。

　　「不過……妳當時可真是吃醋了嗎？」若松設想了會。

　　雖說總感覺自家的女媧呀，一點少女心都沒反而內在還有點暴力！不過卻依然抱持著一絲期望，於是就問了這麼個問題。只見她唯唯諾諾的移開了對視的目光，將注意力挪到了一旁的花卉上？但儘管如此。依然無法安撫那羞到快炸裂的心，若松的這麼一問直接把女媧給問到心裡頭去了。

　　「沒……有……」看似猶豫了許久後宋研綺，扭扭捏捏的憋出了那麼兩個字。她那看似虛掩又略顯猶豫的神情，豪不保留的將可疑之處完全爆露了出來。不過面對如此破綻滿滿的謊言，若松則是端著下巴想了想。

若松道：「嗯……妳果然很冷血……」

很顯然的他……一點都沒有納入眼裡，更一點都沒有
認真的去觀察思索過。

第六章

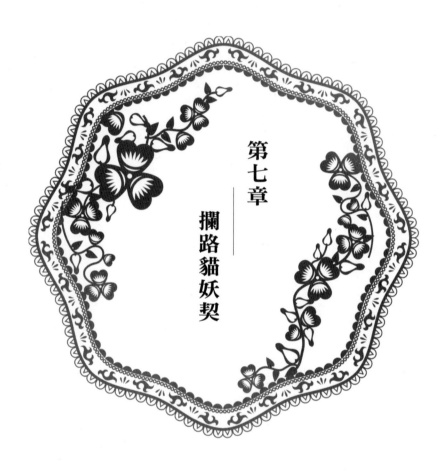

第七章 —— 攔路貓妖契

前朝之媧

陰暗的小樓裡兩名黑衣人正竊竊私語著。他們穿著渾身黑色的衣物將自己包裹著，語氣十分的低沉細微又略顯出滄桑。

不論是外貌上還是聲音上，這些穿著黑服的人就宛若同一個人般。絲毫沒有留有任何的破綻來讓人分辨他們，昏暗的房裡僅有一根燭火照著這漆黑的小房。

當兩人交談到一半時，一旁漆黑的小巷弄又走來了幾名同樣身穿黑衣的人，但無一例外的是兩人都配著一把作工精細的佩劍，漆黑的刀鞘上隱匿的的刻上了細微的金紋。他們的語氣十分的低沉，而其中一人手裡拿著的便是某兩人的通緝令。

「報告？就在這了，也許可以再觀察久點？上頭的令是捉捕。」頓時房裡一陣喧嘩，看上去這會是一場十分熱鬧的會議。

而就在相隔不遠處的另一棟高樓上，一位探子正用著個小觀望桶窺探著目標。若松的行蹤在他的目光中顯得一覽無遺，那詭異的笑容發出了令人毛骨悚然的低笑。

那銳利的目光中，顯露出了不懷好意地的神情，接著隨意地拿起一旁的杯子打算喝口茶。畢竟如此輕鬆的工作，

第七章

忙碌之餘還能享受好茶簡直完美呀！

而正當這探子悠哉的喝了口茶後，翹著單腳椅愜意享受著，沒想到那若松竟忽然往這看了過來！

「什麼！？」那傢伙心一荒直接整個人摔了下去，更慘的是那桌上的熱茶還潑到了他的身上！剎那間冒著煙的茶水令他的眼睛睜到極限，手臂都被燙得紅通通的，並直接從高樓墜落到了街邊上！

伴隨著不遠處那高樓上傳來慘烈的淒慘悲鳴聲。若松對此感嘆道：「這年頭……烏鴉的叫聲可真奇怪呀？」

「烏鴉？……你耳根子壞了？」宋研綺不解的掐著若松的耳子。

若松道：「並沒有，我還能聽見您如此美妙的聲音呀，這意味著我聽聞千里都沒啥問題。」

宋研綺道：「你……還是算了吧，也罷就這樣！」

眼見自家的女媧莫名氣了會直接上了馬車，若松騷了騷頭想著這年頭女人的心可真難懂。或許正所謂女人心還底針吧？也許她也有心思細膩的一天？……雖然我是感覺不出來就是了。

想到這裡若松莫名感到一絲煩躁，他用手按了會眉間閉上眼思索了會。

若松道：「船到橋頭自然直……少管些事好了……」於是若松一副坦蕩蕩地走了上去，就宛如這一切完全沒發生似的。

看著他那悠來自得的模樣，便知、他竟還真的全部拋之於腦後去了！要是讓那車上的女媧知道，肯定會被罵到活該單身千百年吧。

「不過……接下來會去哪呢？……」若松望著車外的景象不斷的變化。

雖說那老爺給了一輛車，還贈了個馬夫說要送人出城到稍遠些的地方？但卻從沒說過要送人去哪來的，莫非？是某處偏鄉小道，緊接著被扔下馬車珠九族滅口？

宋研綺道：「大不了，頂多被帶到野外拋屍而已吧？」言此，她望著窗外輕聲道：「到時，只需將車夫砍了就行，拋屍本姑娘在行的。」

若松莫名感到一絲涼意，瞧瞧這是人該說的話嗎！？……雖說眼前這傢伙是女媧並非人類就是了？想到

第七章

這裡他不禁的端著嘴思考了片刻。

說到女媧……如此高貴又稀罕的物種……神話故事說是女媧把人當成妮娃給捏出來的，那麼自家的這宋研綺明明是個女媧……為什麼一點神話的感覺都沒有，時候似乎還有點蠢萌？想到這裡若松眼神銳利的盯著宋研綺，對於腦中所有的思緒他閉上眼想了想，而就在此時。

宋研綺也察覺到了若松的不對勁，懷著一絲疑惑她唯唯諾諾的小聲開口說道。「你……在想些什麼呢……？」只見宋研綺臉略帶通紅，就像是個在為戀愛苦惱中的少女。

片刻後，若松睜開眼來露出了一副炯炯有神的模樣，用著略顯嚴肅又低沉的聲音詢問道，「妳……血統不純正對吧，所以才會有種說出出口，卻莫名的蠢萌。完全讓人感覺不出身為女媧的高貴，便是如此對吧，我頓悟了！」

頓時氣氛陷入一陣的冷淡，宋研綺想都想不到這若松一開口，竟然是這麼欠揍的話！？血統不純正！？此刻她美麗的臉龐上露出了一絲青筋，那雙如陶瓷般雪白的雙手也握緊了拳頭！

對此若松似乎也發現自己似乎說了什麼不對的話，心中一顫難道自己要死在這馬車上了？……不……如果說

是念在兩人如此熟悉的關係上，我相信她是不會下狠手的！……總之道歉吧！對於生存滿懷求生慾的若松利馬站了起來，直接鞠躬道歉了起來！

「十分的抱歉！……請原諒我吧！公主大人！」

懷抱僥倖的心態若松莫名感覺到，自己此刻宛如做錯事的下人似的，突然變得十分的卑微而且還用敬語？……莫非這就是女媧的神力不成？莫名又開始研究女媧的若松想到這……不禁的抬了眼偷偷看了看前方，哪怕有一絲僥倖也好！……然而下一秒入目眼簾的並非美人的微笑，而是迎面而來有如雪球般的拳頭！

「哇！啊！……」只見若松發出了淒厲的叫聲，伴隨著馬車一陣顫抖！由此可知施暴者那可真下了狠手。

對此宋研綺哼了聲，板著臉一臉不屑道：「誰讓你亂說話！？竟然說我是蕩婦！不可原諒！」聞此若松心中一涼，我可沒說過那種話呀！寧死也不肯含冤的若松當即就替自己辯論了起來！

若松激勵昂揚道：「我！才沒有說過那種話啊，您如此的貌美！」

「宛如仙女般美麗的女媧怎會是蕩婦啊！」

然而一陣激烈的喊話過後，眼見對方臉色一沉，看上去似乎一點改變都沒有！若松心想著難不成對方終於認知到自己過錯了嗎？不曾想緊接著而來的又是沉重的一拳！少女的甜美高貴無上的美貌，加上女媧那神力，這一拳直接把若松揍的跪倒在地！

宋研綺道：「渾蛋！這不是又說了嗎！」

此時的若松早已喪失抵抗力，滿臉委屈的頭都磕到了地上。至此他暗暗的發誓以後再也不碰女人，真是太恐怖了！人美內在竟也相對地如此恐怖！而就在此時一陣馬鳴蕭蕭。

那馬匹發出了嘶……！的叫聲頓時馬車也停了下來。

眼見本該行駛的車莫名停了，若松連忙下車察看然而下秒，他卻看見了一隻貓？……那黑色的貓就這樣坐在了馬車前，然後自己的車夫還在一臉癡樣的盯著貓咪？莫非是貓奴？

車夫連忙解釋道：「公子別擔心，會停下車來是因為恰巧此時那貓呀，剛從旁邊的小路裡鑽了出來」

貓？……左顧右盼，這荒郊野外小徑上莫名有貓？這可真怪，若松本能的懷疑這貓不單純。可看了看車夫那一副貓癡的模樣又想，說不定這是誰家走失的小貓來的？此時一旁的草叢抖了抖，若松望著那處略有騷動的草叢。

若松道：「不過……如此可愛的貓兒啊？」、「為何會如此呆滯地盯著車夫不放呢？……」

宋研綺道：「心有靈犀？人貓之戀？難道？前世未了的戀情契約！？」

若松頓時感受到所謂女媧代表的涵義，聽著這回覆搞得他一個頭兩個大。不……難道說！自己家的女媧思考邏輯就這樣了麼？一點道理都沒有呀！若松撫著頭，腦裡盡是無數吐槽的話語！雖說如此但卻又不能說口，只能不停的殘害自己的腦細胞。看著若松又再次發起荒來，一副很傷腦筋的樣子。

宋研綺露出了滿臉疑惑的目光，並小聲的詢問道：「怎了？我臉上有東西嗎？」

面對突如其來的關心，直接就把若松從腦中小劇場裡拉回了現實。他略顯不知所措的回覆道：「沒有，妳一如往常的漂亮呢！」畢竟總不能直面告訴對方，自己其實在

心裡覺得妳的思考方式大有問題。想必這樣說的話肯定會招來一陣殘不忍睹的酷刑吧？想到這裡若松無意間將目光再次的放到黑貓身上。而恰巧此時，那可愛的小貓也將水汪汪的大眼轉向了這裡，此刻一人一貓深情的對望著。

一旁的女媧，甚至從中感受到了一股不祥的氣息，並小聲的碎念著：「莫非……情敵？」

面對這種把自己跟貓聯想到一塊地話！？

若松不禁感覺臉上三條黑線道：「不……妳想多了，我對貓咪並沒有這種奇怪的癖好。」

而此時宋研綺則是完全忽略了若松的話，一邊思索著若松說著不堪入目話語的景象。一邊思索著那黑貓凝人化之後的景象？強勢的若松抱起了化身為人娘的小黑貓！

女媧頓時嗅到了一股戀愛的酸臭味！「如此人妖殊途……」只見她突然紅著臉，並且羞恥的捧著自己的小臉蛋，宛若陷入深深戀情故事中的柔情少女。

若松淡然自若地看著，平靜的心態彷彿正在訴說著，這些年來那一路走來的艱辛。腦中莫名回憶起自家女媧發作的時候，人們總是說著這麼一句話。美人心地善良溫柔

的就像她美麗的外表，這麼說的話？眼前這傢伙也許偶爾也會挺溫柔的麼，不！這怎可能呢。

但若松想了想，如果將這麼一句話的方式套用在自己的身上的話？那麼不就成了女媧的美貌，就如同她那拳頭暴力般多麼美麗動人，內心就多麼的暴力！？他輕輕地摸了會先前疼痛的小傷口，臉上的擦傷依然完好如初反而還更痛了。隨後淡然的暗嘆道：「果然……人不可貌相呢……」

美麗的姑娘，終究還是有可怕之處啊……此刻若松更加的堅定了自己不輕易接近女色的立場。

然而就在此時那黑貓叫了聲，那可愛的喵叫聲將若松吸引了過去。遠處的樹後，一位身穿白袍的身影暗暗的笑了笑，嘴裡喃喃自語的彷彿說了些什麼。此時只見那貓突然抽搐的倒在地上，雙眼發白似乎受到一股不明力量的折磨！

車夫一臉慌張的大喊道：「怎麼了？生病了！？」

但黑貓痛苦掙扎的模樣，在若松的眼裡可不是什麼病狀那麼簡單。

剎那間若松便抽出了佩劍，並對車夫喊道：「這傢伙

第七章

中了一種咒術，離牠遠一點！」

只見那黑貓在一頓扭曲的掙扎過後，身體逐漸地膨脹並變得壯碩了起來。場面十分的混亂令人難以用言語描述，只能看見一隻漆黑的小貓，逐漸的扭曲化為了一隻帶著尖牙利齒的恐怖妖物，那膨脹且扭曲的詭異四肢令人感到十分不適。

緊接著牠停止了扭曲的掙扎赫然站起身來，露出了那副令人膽顫驚心的駭人模樣。那貓妖發出的刺耳的尖叫啊！了一聲，就連樹上的葉子都抖動了起來。

宋研綺道：「這東西……那小黑貓怎了？」

她略為抖動軟綿的聲音裡，略為透露出了些許的害怕，相比之下若松則是一副若無其事似的。

若松道：「那黑貓中了一種蟲蠱這下可麻煩了。」

話語間，那貓妖便伸出了銳利爪子朝兩人揮了過來！仰天咆嘯發出了更刺耳的尖叫聲！

若松囉著自家的女媧輕輕躍步便閃過了攻擊，放下懷中的少女過後。只見那把繡花劍硬深深地接下了貓妖的巨大的爪子，此刻在貓妖面前若松就宛如娃娃般嬌小，而那

貓妖身形可是足足兩座馬車高，實在難以讓人將牠和先前的小黑貓聯想在一起。

除了毛色以外，面目猙獰的恐怖嘴臉和外露的利齒，慘白的雙瞳報露出了許多的血絲，絲毫看不出小黑貓的影子，看起來那咒術已經徹底地將無辜的小貓給吞噬了。

面對一人一妖的對峙，此景直接嚇壞了那車夫。只見那歲數看上去比兩人大上不少的老伯，慌張的跳下馬車。

他驚慌失措的顫抖的身軀，甚至還險些摔在了泥地上，顯得十分蒼老無力不過？這反而才是常人應有的模樣吧，在面對如此巨大的怪物時，常人都會感到害怕。

「這……這種東西！公子他一人沒問題嗎！」那車夫面對如此觸目驚心景象，整個人害怕的直冒冷汗。

相比之下宋研綺就淡定多了，隨手一揮一種白色粉塵覆蓋在了車夫身上，不出幾秒那傢伙便昏睡了過去，緊接著她很快地就將目光放在了若松身上，人與妖之間的交手未曾停止。

雖說只是一隻貓妖，不過竟然是敢攔路的貓妖，估摸著多少也會讓人有點擔心。就在此時在對峙之下，若松一

個側身閃過了貓妖的利爪，隨後趁著那巨爪卡在地上的時候向前一揮！一刀便劃傷了貓妖粗糙的表皮，一條鮮紅的傷口伴隨著劇烈的疼痛感傳到貓妖身子上！

只見牠變得更加的憤怒！尖銳咆嘯聲撼動空氣，發出的震波直接讓若松摀住了雙耳！此時貓妖又將另一隻手揮向若松，並抽出了卡在地上的那巨型爪子，同時抓向了正在承受著劇烈陣痛的若松，牠的攻勢十分猛烈宛若餓了上千年的巨獸般，張開了牠那滿是腫瘤的血盆大口。

但儘管如此，他依然沒有放下戒心，在爪子即將觸碰到他的那一刻！直接反手一劍，手中刀劍便和那貓妖的爪子交錯在了一起，接著壓底身子用力一甩。

龐大的力量直接將貓妖舉了起並且來了個過肩摔！此時貓妖的憤怒簡直來到了一個臨界點，牠四肢著地被弄飛了數米看上去簡直快氣炸了。泛紅的雙眼綻放著熊熊燃燒的敵意，那駭人般的血盆大口直接撲向了若松！

那貓妖臉部的肌肉扭曲在了一起，黑色的皮毛皺起了令人作嘔的斑紋，一看便知道如此強大的妖物並非自然產生，而是咒術作用之下的產物。剎那間伴著刺耳的吼叫聲，剎之！轉眼間此刻牠的爪子上變多出了些許的鮮血！

前朝之媧

眼見若松略顯不悅的擋下了貓妖，而牠則是瞪大著自己那猙獰的雙瞳。

若松不屑道：「就連路邊的野狗，都比你可愛多了！」

那低沉的語氣中充滿著挑釁，若松握緊的手中的劍，在貓妖襲來的那一刻閃過了攻擊！

不死心的貓妖即刻調轉了方向，反手將爪子再次次向若松！下一刻若松抓住了那貓妖粗糙的毛髮，直接蹭上了牠的背上，一劍刺入了對方的心臟。

伴隨著一陣慘烈的貓叫聲，那貓妖疼的在地上打滾了起來，但這些都是徒勞的！隨著心臟的破裂不管是什麼動物都將死去。若松略顯厭惡的甩去了劍上的血汙，輕巧地將劍收入鞘中。

若松道：「真是的……許久沒見過貓妖了呢」

若松一邊騷著耳朵，淡然自若的模樣，就彷彿自己那一手溫熱的血液絲毫不在意。

宋研綺道：「你……還好麼……這傷？」

女媧輕輕的把手放上了那沾染鮮血的手，接著一股清

第七章

流淡淡的治癒了那駭人的傷口。

若松道：「這貓看上去是人為施咒弄出來的……」

想到這裡，若松眼神銳利的望向了遠處似乎正在盯著什麼。而這小小的舉動卻讓那躲在樹後的傢伙，嚇了嚇，深怕下一秒自己變得跟那貓妖下場一樣。不過當若松將目光再次放在女媧身上時，那人便鬆了口氣悄悄的躲了起來。

宋研綺道：「不過……儘管是人為的貓妖，也只是個殘忍又低俗的咒術吧？……」

若松道：「貓妖雖說十分脆弱，但咒術師的法力，卻會使脆弱的妖變得更加的強大」

宋研綺道：「哦？所以說施咒的人多討厭，那他養的寵物就多惹人厭囉？」

若松一臉平淡的望著她一會，心想著這說法算了吧，以後還是直接拿教科書給她吧？

雖說眼前的少女看起來也不小了，貌美的外表上顯現出的是位美人。但在這看似足以勾引人心般的面孔之下，若松深刻的感受到這裡面彷彿住了個孩子？心中莫名的萌生了一種奇妙的想法。不……也許光課本還不夠，有空的

時候順便標上一些備註好了。

啊！要是在來些淺灰墨水劃出重點，這樣簡直就是完美呀！如果能成功培養眼前的女孩考上榜首，想必……會是一件令人十分喜悅的事呢。莫非……這就是所謂的父愛嗎？……沒想到我如今，還可以體會到如此優越的感覺呢。

「嗯？……說錯了嗎？」宋研綺好奇的望著一動也不動的若松。

而她那柔軟的聲音在若松耳邊，莫名的和孩子有幾分相似之處，就在此時！若松更加的堅定了信念！

若松道：「我會……待在妳的身邊不論年月，撫養著妳待有天妳能夠知曉我的一切」

伴著他那溫柔又滿懷磁性的嗓音脫口而出，少女下意識的臉紅了起來心跳撲通撲通地加速，就在此時若松牽起了她的手，並在心理默默的想著這下……肯定能夠培育出一位合格的女媧吧！

若松道：「妳會乖乖聽話學習對吧？」

他的手略顯強硬的牽起了少女的雙手，堅定的雙眼宛若騎士般的高貴的誓言，正當對方嬌羞著準備開口回應時，

第七章

又一把將她拉到了懷裡，並輕輕的挑起了她的嘴尖，專注地看著她。

此刻少女的心中一片慌亂，混亂的思緒加上撲通狂跳的心，差點讓她喘不過氣來。只見她顫抖著身子臉紅的就像是顆蜜桃似的，原本那足以讓人無比著迷般的眼眸，如今卻嬌羞著躲避著眼神的交流。

然而即使心理不斷的想往旁邊避開，但她卻不由自主地會將心意放在眼前的人身上。但儘管如此，若松卻似乎絲毫連一點要放過她的意思都沒有，這學徒他要定了！只見，若松面帶溫柔的貼緊身子道：「妳……願意嗎？成為我的……徒……」

正當若松準備把徒弟兩字說出口時，只見少女渾身發燙彷彿就差額上冒出白煙似的，噗通一聲直接暈了過去搞得若松那是一個困惑，看了看一旁倒地的車夫，又看了看懷中的女媧。

「似乎……中暑了嗎？雖說在林子裡，不過今天太陽也是挺大的呢……」

良久過後，不知過了幾時當宋研綺再次睜開眼時，發覺自己竟躺在了馬車的座椅上，不知何時那車夫已經從自己的

術裡醒了過來，此時的馬車正在慢悠悠地繼續朝目的地移動。

若松道：「待會我們會直接進下一座鎮子，妳睡飽了嗎？」

宋研綺朦朧隆的揉了揉眼，恰巧此時若松又隨手遞了壺水過來，於是她就順手拿起來喝了幾口。

接著她就聽見某若松正在小聲的碎念道：「嗯⋯⋯這麼渴的嘛，看起來肯定是中暑了⋯⋯」

若松的這般話莫名的讓她好奇的歪了歪頭，腦中莫名地又閃過了黑貓和馬車。

宋研綺道：「中暑？⋯⋯」

若松道：「嗯對看妳昏了過去，於是就把妳帶進車裡了」

宋研綺摸了摸頭，感覺自己似乎也沒有哪裡不舒服，緊接著她閉上眼思索了會？潛意識下莫名的直接想起了自己昏過去的那一段記憶，那如此深入的話語⋯⋯那強勢又直接的進攻！想到這裡，女媧的臉不爭氣的又紅了，整個人頓時像是個小貓兒一樣乖巧又安靜。她默默地縮到窗邊，羞恥感莫名的又朝自己襲來，但看到這麼一幕若松卻只是露出了疑惑的目光。

第七章

若松道：「嗯……看起來似乎腦袋也燒壞了」

接著不出幾時，隨著車夫的叫喊聲馬車停止了下來，周圍也出現了些許人們交談的話語。看起來車子已經到了城鎮裡頭來了，若松站起身來輕輕地推開了車門。莫名的就看見了一群好奇的居民，正瞪著自己的大眼睛觀望著自己搭的這輛馬車。

若松道：「不好意思各位請讓讓吧」

聽聞公子發言，周圍的幾名青年就讓了點位子，雖說這馬車似乎有點高級？未曾想過坐馬車還能有這種禮遇？他走到了車夫旁，輕輕的敲了敲門示意對方注意自己一下。

若松道：「到這就可以了，辛苦您了」

接著他便從口袋中掏出了幾枚銅錢，給了那位車夫看見有小費，那車夫是樂的笑容滿面。笑嘻嘻的收下了那幾枚銅錢，雖說或許這點錢沒什麼但意思意思一下。總會讓人出乎意料地感到喜悅呢，雖說那戶人家似乎不缺錢就是了？

「公子您太客氣了，貪了貪了呵呵……」

而此時若松突然聽見圍觀的那群人，開始出現了些許

前朝之媧

的騷亂。

「哇！這位小姐是哪戶人家的千金啊！」、「這麼……不知道保養品都燒了多少銀子瞜」

在一陣譁然的討論聲裡，宋研綺悄悄的探出身來，望著周圍陌生的城鎮，還有車前莫名其妙圍上來的人群感到了一絲困惑，但聽見有人誇自己漂亮又露出了那副仙女般的笑容。

回憶起自己下車時的景象，若松小聲的吐槽道：「那傢伙……也能這麼受歡迎？」

明明自己出來的時候，一點聲都沒有男的看上去沒啥好臉色，女的看上去一點也不興奮，怎麼的？換了個女媧大家都這麼喜歡的麼，男的晃尾巴條哈士奇，女的個個興奮得像是吉娃娃來的？

面對這麼一個畫面，車夫感嘆道：「人美呀……果然會受歡迎呢……」

見自己的車夫也這麼稱讚那女媧，若松默默地在心裡懷疑起自己來了，莫非？自己長得不好看麼？想到這裡他不禁的端起下巴思索了起來，要不是聽見一旁馬兒的呼吸

第七章

聲，他搞不好還忘記自己還在街道上呢，但想了想最終若松還是認為高調不是件好事。

在和車夫交代了幾句後，若松走回了車裡，關上了門馬車便再次的移動了起來。甚至在關上門後還能隱約地聽到有人說，「要走了？也太可惜了吧！」、「還想多看一會呢！」

這點讓若松難以置信，沒想到自家的女媧還能這麼受歡迎麼？畢竟在自己的眼裡，這女媧壓根沒有一點姑娘該有的氣質。甚至還意外的很暴力？實在是難以想像，這麼多男生會為了她而感到失落。

宋研綺道：「這次要去哪呢？」

若松道：「離鎮子遠點，到時候從另一條路走進來會比較低調點」

「難得有這麼多粉絲的説……」宋研綺低咕著，不滿的嘟著嘴，看起來一點都不喜歡若松的低調。

看到這一幕若松淡淡的笑了笑，輕輕的摸了摸她的頭道：「正是因為妳太受歡迎了。所以我才會感到有點困擾呢，要是……和妳再一起的時候，身旁有一堆煩人的傢伙我會

前朝之媧

很困擾的。」

　　「你……」少女羞澀的發不出聲，下意識了又迴避了會對方的眼神。而在她那看似緊閉的雙眼中，則是偷偷瞇著眼直視著對方，似乎心中正在期待某樣東西。

　　稍後馬車便停止了下來，這次車夫將馬車停靠在了一條空曠的道路上。路邊零散的幾人好奇的望了過來，雖說還是有些人。不過和先前相比已經好上了不少，至少不用擔心那群好奇的傢伙了。

　　「到這了可以公子如何？」車夫持著馬鞭，東看西看得似乎對這地點十分的滿意。

　　若松道：「這裡就行了，這一趟下來辛苦您了。」

　　「不過……人這麼少感覺挺偏僻的沒問題麼？」宋研綺露出了失望的目光，委屈的拉了拉若松的衣袖。

　　看到這麼一張小臉，水汪汪的大眼那無辜的小嘴，若松莫名的感覺到了些許的罪惡感。莫非？自己奪走了她那群粉絲，然後惹著她難過了？

　　這世上還有這種奇怪的事嗎？等等，不過轉念一想，若是真不管讓那些人圍著自己轉，這樣反而會更加麻煩吧！

第七章

不過儘管如此望著身前的女媧，瞧瞧那失望的模樣不由得讓人心生憐憫。就彷彿在訴說著自己是壞人似的，想到這裡若松不禁的轉移了目光。

若松道：「接下來⋯⋯帶妳逛會吧，看看這鎮上有些什麼如何？」

面對這種無辜眼神的攻勢，若松三思後採取了轉移焦點戰術，然而就在此時！

只見那女媧滿臉期待的喊道：「嗯！？好啊逛哪去！」

看樣子似乎起作用了？若松瞄了眼自家的女媧，原本看起來像是小無辜動物似的。現在卻又莫名的跟個三歲小孩兒似的，一臉天然呆十分可愛又單純的樣子。而且這麼一看，莫名還有些許反差萌？⋯⋯此時若松默默地在心裡感嘆道，女媧還真是一種奇怪的東西。

若松道：「嗯？熱鬧的地方，總之不會無聊的。」

說著說著，若松緩緩的左顧右盼，畢竟自己壓根就沒來過這鎮子。突然間說要帶人去逛還真不知道上哪去？然而就在此時他感受到了，自己的手傳來了一股輕盈的香氛。回過神卻發現這女媧直接撲到自己身上了，莫非真的這麼

無聊嗎？

見此若松放下了腦中一切的思緒笑道：「妳還真的是宛如孩子般可愛呢！」

「哼……哪裡孩子了？我不美嗎？」宋研綺嘟著臉埋怨著。而通紅的小臉似乎正在暗示著，她其實一點都不討厭這樣的説法。

而若松滿惑的呵呵了聲，雖然總是搞不懂自家的女媧在想啥。但若松依然淡然的摸了摸他的小腦袋瓜，並溫柔地説道：「在我眼裡，妳怎能和美字相比呢？因為世上並無人、可和妳那動人的美字相比昂？」那句話，語氣十分的低沉且穩重，溫柔的話語中略帶了些許的強勢，就宛如詩中故事般完美。「哎呀，不知道説啥的時候照般小説台詞簡直完美啊！」

轉眼間兩人便來到了另一條街道上，這條街上各種琳瑯滿目的小販因有盡有。吃喝穿搭似乎都可以在這條路上搞定，望著攤販上的食物女媧仔細地尋找著！眼看自己那最愛的糕點攤在那，這令她雀躍不已、直接拉著若松便走了過去！

「貪吃小心會變胖啊……」看見此景，若松忍不住吐

槽著。

不過後者則是笑著捶打著對方，她那甜美的微笑在陽光下顯得十分的耀眼，就宛若天使般令人著迷。

「我才不會變胖呢！」宋研綺一邊嘟著嘴喊著，一邊用手捶著自家亂說話的若松。

乍看之下兩人就宛如情侶般小打小鬧的，場面莫名的略顯出了稚氣又曖昧的氣氛。

若松道：「嗯……吃多了本身就會胖啊！」

宋研綺道：「我可是每天都有好好控制體重的好嗎！」

聽到這句話後，女媧頓時就改變了語氣，一反常態的用著生氣的樣子展開了反駁！不過那反應與其說是生氣不如說是傲嬌，語氣中並沒有絲毫的不滿。取而代之的則是柔弱且溫柔的聲音。

露出了一副不懷好意的微笑，若松調皮地說道：「哦？這麼說的話那些糕點怎麼解釋呢？」面對這問題少女不知所措的戳了戳手指，似乎正在努力尋找藉口掩飾。

宋研綺道：「不……那個……肯定是合理的用餐範圍

吧！」

　　看著這呆萌又可愛的辯解，若松首次哈哈的大笑了出來，而這則是第一次若松在別人面前這樣笑著。

　　「妳還真是個喜歡吃甜食的小女媧呢……」

　　正當少女還在恍神時，剎那間他伸出了手，將對方抱到了自己的懷裡，用著寵溺般的目光注視著她。堅定的眼神中絲毫沒有任何的猶豫，在她回過神來時自己早已處於對方溫暖的懷抱中。

　　只見宋研綺滿臉通紅嬌羞的說道：「你……這樣好嗎？」

　　若松這麼一個舉動卻又吸引到了周圍路人們的目光，不少男女甚至對兩人此時的樣子十分的羨慕。

　　或許是注意到了自己的過失，若松呵呵了幾聲。望著周圍的圍觀的人，已經有幾人開始議論紛紛的討論了起來。

　　從幾人交談的話語中若松隱約地聽見了幾聲批評。不過，這也並不難理解光天化日之下的，又是在街道上演一齣狗糧戲，不管是誰來都會感到不滿吧？

　　他道：「這下麻煩了呢……」

第七章

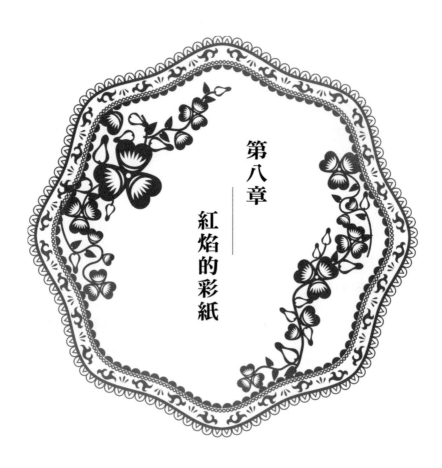

第八章

紅焰的彩紙

前朝之媧

良久過後，兩人出現在了一個截然不同的街道上，身旁早已沒了先前那群圍觀的居民。

　　若松再次的回過頭確認了會，一旁的街道只有自顧自逛街的人，還有叫賣試圖招攬更多顧客的小販。本以為會挺麻煩的，看來以這一幕而言若松輕輕的鬆了口氣。心想著要是自己沒事走個路都能被圍觀，如果是這樣下去的話肯定會後得多注意一下的。

　　若松道：「那些看著我們的人終於都消失了，妳這女媧怎這麼容易吸引人呢？要不下次把妳塞進包裡揹著進城好了，既簡單又不惹人注目？」

　　宋研綺道：「假若公子您真如此貼切我會把您埋了，在用鐵鏟教您如何做人？」她的語氣十分的平靜，彷彿就像嗑家常話似的。然而眼神卻銳利的像是在說，要是你這該死的王八蛋敢對老娘不敬，就把您給活埋在那荒山野嶺中！

　　若松道：「女媧……還真是如此貌美，又宛若帶刺玫瑰呢？」

　　宋研綺道：「嗯，對對對您還挺會說話的嘛！嘻嘻……」

第八章

兩人此時正處於一條人流稀少的道路上，兩旁豎立著的建築典雅而不失高貴，透白的紙窗看上去就不是什麼平民百姓的普通居所，而是略有雅緻之人所居住的雅舍。畢竟論房屋而言，用的上如此清白無暇的紙張，肯定是少不了幾兩銀子的。

　　宋研綺道：「不過話說回來，這街邊上盡是如此高雅的房舍，為何連個人影都沒見著呢？⋯⋯」

　　若松道：「天曉得呢，莫非⋯⋯此處皆為陰宅？恐怕夜裡會鬧魂鬧鬼呢呵呵⋯⋯」望著周圍暗沉色的木調建築，若松不懷好意地笑著。

　　「你這傢伙⋯⋯」女媧望著陰沉的屋簷，不悅地往若松的手用力地給掐了下去！

　　伴隨著一陣刺耳的叫聲，「啊！」若松轉眼間變成了姑婆媳婦口中的孩兒，從此再也不敢作孽了。

　　當兩人換條街穿越了幾條略顯冷清的石磚路，可以明顯滿街邊的商販人人都拿了個秤子。鐵銅色的細小的鍊子連接著藥盤，而秤的另端則掛著碼，看上去這裡就像是個大型藥材市集。

前朝之媧

宋研綺道：「擺地攤的，開店鋪的全都賣藥材？我們走進了啥鬼地方……」

若松道：「三百草、赤紅、參、土鱉蟲，千里光還有千里健這些藥材看上去都挺不錯的呢？」望著上百樣藥材，若松頓時像是打開新世界大門似的，端詳起了那些展示在竹盤上的上好藥材。

宋研綺道：「你……這？不是吧？你竟然對這些長的跟木屑似的東西有興趣！？」

若松道：「藥材，可是十分昂貴且具有價值的呀……」

宋研綺道：「你這傢伙！難道？……我這女媧治癒能力不如那區區幾跟藥草不成？……」宋研綺用了副委屈巴巴的眼神，望著自家的若松小指頭又指著一旁的草藥！

若松頓時感覺眼前宛若送命題般，若是選錯怕不是得被這女媧給宰了。一句話說得不好，可能還得會被混在藥材堆裡給埋進荒山吧？眼見如此令然難以切齒的場面，在生命面前若松選擇了妥協。

若松道：「當然的，區區幾跟藥草怎能和妳相比呢？」

宋研綺道：「嘻嘻！算你識相！」

第八章

若松道：「誰讓妳是我的女媧呢，在這天地間，哪怕是太上老君他老人家的丹藥，也比不上妳。」

若松道：「如果可以我願為妳而赴湯蹈火。」如此這般話，若松的言語中的溫柔時刻透露出了，他那為了自己女媧而忠貞的話語。他牽起了她的手，更拉近了彼此間的距離，略帶微笑的神情掩飾著心理的慌亂。

正當人世間的一切彷彿靜止，兩人視目相對著，那名為情感的種子正逐漸發芽。此刻少女的內心宛若萬馬奔騰般，不知如何是好，只願眼前人為郎君。然而正當兩人之間宛若天時地利人和，這可得原地成婚了。

宋研綺道：「妳願……」

一個典型的小二腔直接打斷了兩人之間的談話。「哎呀！這位公子，你目光如炬！我這有些上好的草丹呀！」

聞此僅剎間，若松便本能的回應道：「嗯？上好的草丹？品質咱樣？」

「品質，咱家的貨肯定是上等極品呀！公子您不必擔心，這東西敷傷三日內肯定痊癒！」

宋研綺道：「你這傢伙……估計是不想活了是吧？敢

前朝之媧

耍老娘！」

　　只見女媧那看似嬌小的拳頭，拚盡了一切最大的力直直往若松臉上揍去！

　　片刻過後，兩人離開了那賣著藥的攤販。若松的臉上多了幾分傷，臉上那感傷楚楚可憐的模樣，就好像他先前曾遭受到許多的不公！

　　不管怎看那臉都腫的宛如一顆彩球，可憐巴巴的摀著臉乖巧地跟在身前的那女媧身後。此刻他就像個無助的孩子般，乖巧又懂事。

　　若松道：「我從未見識過像妳如此特別的姑娘，下手竟然這麼狠毒……」

　　宋研綺道：「誰讓你自己討著挨打呢？」

　　聞此若松委屈道：「不就是……分心了會麼至於麼？……」

　　宋研綺道：「你這話……？」、「撒嬌麼，我不吃這一套的，住口要不再往你臉上來幾拳？」

　　若松道：「你這簡直太狠了吧，難道我就不值得妳珍

惜麼老是拿我出氣。」

宋研綺道：「嗯，不值得，妳是我的出氣筒。」

「妳這……」就像是放棄似的，他露出了一副無奈卻又無可奈何的模樣嘆了口氣。

此時的街上迎來了一陣響亮的鑼鼓聲，幾名紅衣人有人響羅有人響鼓，大搖大擺地從路中央穿過。一個華麗的轎子上，端坐著一位紅面紗所遮住的女子，從隨風擺動的面紗下可隱約看見她那抹微笑。

一身紅的華麗禮服上，繡著無數個金色圖騰不知象徵著什麼。轎旁兩側各有一人手持燈籠，後方則是一群紅衣眾，他們用著較為粗糙的紅布遮掩了面容。就在此時一位紅衣使者手持著一盞紅旗高聲喊道。

「紅衣聖女經此，在此的諸位都將受到始於真理的祝福！」

「紅塵一縷，我們此生將為祝福眾生而來！」

「信仰宏偉的紅色之光吧，請諸位與余一同面對賜福吧！」

「朱紅的烈火，將為了我們而帶來祝福！」

使者的話語激動起聲，他那意氣風發的語調成功的引起了一旁群眾的喝采。

「接受祝福吧！受主教與聖女庇佑的無知之人呀！」

就在此時周圍身穿紅衣的信徒則將無數紅色彩紙撒了出去，漫天的紅色彩紙宛若溫柔的細火。帶給那些信仰紅衣主教的信眾希望，賦予了他們溫暖的朱火，而朱火正是紅衣教派的教義。

若松道：「這幫邪教徒？怎會出現在這裡來著？」

宋研綺道：「邪教麼？」

若松道：「穿紅衣的人，從來都不是什麼好東西。」

眼看遊行隊伍逐漸靠近，若松牽起了女媧的手就往一旁的巷子走去。若松道：「紅衣教的人，總喜歡些奇珍藝品，要是被那些人看見妳這女媧就麻煩了。」若松邊說邊加快了步伐，就像是曾遇過些什麼，使得他對紅衣教的人十分的厭惡。

宋研綺道：「此話怎說？莫非他們會把我抓去燉藥不

第八章

成？」

女媧翻了翻白眼，看上去絲毫一點都不在意那些身穿紅衣的傢伙。

若松道：「這倒是可以，紅衣主教是出名的喜好珍奇料理。」對此若松壞竊笑了聲，然而緊接著迎面而來的卻是狠狠的一巴掌。

正在此時，街道上紅衣聖女露出甜美微笑，其容顏令人深陷情慾之中。袖口中落下了許多飄散的紅紙，那些紅色的方形紙屑飛進了周圍的小巷裡。彷彿正在搜索著什麼，聽聞聖女有著凡人無法掌握的力量。

紅衣上的金色圖騰正閃爍著輕微亮光，在陽光的折射下發出了燦爛的金光。聖女那誘人的身姿，哪怕是穿著保守的服飾，依然遮掩不住那令人為之動容的曲線。

在群眾的擁護下她站起身來，露出了她那美麗姿色輕輕揮了揮手，一抹朱紅色的煙霧便從手中飄出。狂熱的信徒在接觸那些粉末後，變得更加平靜臉上露出一抹笑意。那是一種能夠讓人發自內心感受到一股涼意的詭異笑容，僵持的臉龐宛若虛假的提線娃娃。而她則是滿意的笑了，站起身來沐浴著信眾為此而歡呼。

前朝之媧

「好痛！」若松搗著臉，癱坐在地彷彿就像是受盡了什麼委屈似的。

而正在此時，那貌美如天仙的女媧則居高臨下！伸出潔白如玉的雙手端詳起了他的臉蛋說道：「你……仔細看還挺可愛的？」

「要不……今晚成為姐姐的玩具如何呢？……您的小女媧，今夜……不想睡啊」

若松顫抖著身子，略顯慌張的喊道：「妳這？怕不是吃錯藥了吧！」儘管他慌張了起來，那女媧依舊沒放過他的意思，用膝蓋壓住了他的雙腿！見此若松緩緩地向後掙扎試圖掙脫，然而嘴饞的女媧可不會這麼輕易的放過到手的鴨子。

「別……掙扎了……嗯？」她用著沉穩的嗓音，宛若一位成熟的女人般，挑逗著屬於自己的玩物。

她那溫熱的小手，不斷的撫摸著由上而下，那雙眼眸此刻就宛若水晶，微微露出那艷紅的舌尖。像極了準備品嚐美食的饕客，隨著若松逐漸被逼入了牆角。

她出聲道：「在這小巷口裡……這下？您可跑不掉

第八章

了……」

若松緊縮著身子，把臉埋進了肩道：「不！我……我不會從了妳的！」

「在這？……稀奇的東西真是兩個愛玩的孩兒呢？」一個輕盈的女聲如此的細語道。

若松一臉困惑道：「這？……紙屑是吧？……」，望著空中的紅紙屑團若松困惑的看著對方。

「臣服……朱紅吧？」女聲穩重的語調，似乎是想訴說出某種布道宣言，然而下一秒……

眼見自己完美的狩獵計畫被打斷，宋研綺不屑道：「妳這啥鬼東西？……」

女媧瞪大了眼晃了晃，冷哼一聲道：「不就是個彩紙？還不速速離去給老娘滾！」兩人絲毫沒有把那紅紙的話語聽進耳裡，一個鄙視，一個狀況外，就彷彿聖女的存在宛若一顆電燈。

「妳……你……兩個無禮之徒，竟然！？敢無視聖女之言！」聖女激動錯愕的語氣，簡直氣炸了！

若松道：「哦……我不太喜歡紅衣教，我和教主之間有點小過節。」語氣十分的草率，簡直就像是在敷衍孩子似的口語，宛若一把尖刺傷害了聖女的理智線。

　　宋研綺道：「切……破壞我計畫的傢伙，可真會被你給氣死……」女媧翻了翻白眼，不甘的把身子從若松身上移開，過程中還不忘用眼睛瞪了眼那聖女。

　　「你們……簡直……」聖女的聲逐漸的顫了起來。她那憤恨的心態，甚至使穩的紅色彩紙開始毫無秩序的混亂飛舞。假若先前的那聖女高貴而優雅，此刻理智就像是被人給拔了一樣。

　　望著那團紅彩紙開始胡亂飛舞，想到眼前的兩人。對自己那高昂的話語視若無睹，而是靜靜的看著自己耍猴戲！讓自己活的就像是個小丑！？想到這她便怒不可遏。坐在轎子上的聖女氣憤地抓著扶手，她那紅艷尖銳的指甲，硬深深的將木製座椅挖出了幾條溝線！

　　「既然你們卑鄙的外鄉人……如此待我……」她微微顫抖的聲音。

　　「既然這樣……就別想全身而退了。」宛若心中有無數怒火。

「我以第六聖女的名義宣示我要消滅你……」聖女不甘的心，彷彿正在控訴著自己所遭受的委屈。

　　「把你和那女媧獻給殺了！……卑鄙小人，竟敢令教團聖女蒙羞！你們……讓汝感到恥辱！」語閉，巷口兩側逐漸匯聚了大量的紅色彩紙，宛若潮水般急速奔流並匯聚！

　　緊接著，只見那些彩紙猶如巨獸般攔住了小巷兩旁的出入口！

　　見此若松站起了身抽出佩刀，將女媧護在身後，直視著眼前那兩頭紅彩紙巨獸。

　　那由紅色彩紙編織而成的怪物，沒有嘴沒有五官，巨大的人形身軀上，有著兩顆正憎恨著目標的憤怒雙眸，那由彩紙構成的雙眼鮮紅而巨大，宛若朱紅火焰般洩著妖氣。眼見這兩頭巨獸壁壘森嚴的把兩頭的出入口給封死。

　　若松道：「所謂聖女，所使用的手段還真是不優雅呢？……」用著略帶低沉的嗓音諷刺著第六聖女，若松舉起佩劍用指尖輕輕滑過刀刃。

　　只見劍刃上隱約附上了一層微弱的靈氣，輕輕的將刀揮下那層霧氣輝散開來！若松將刀指向身前的巨獸，正在

此時，兩頭巨獸整齊劃一地緩緩向前移動。兩者雖是由彩紙構成，但在移動時卻足以造成一定程度的震動。宛若巨人般的巨獸，揮舞著那巨大的拳頭攻向了若松，「來者不善」

隨著那紅艷巨大的彩紙拳頭落下，若松一劍卸下了那巨獸的手臂！但緊接而來的卻又是另一隻巨獸從後方襲來！只見一雙如玉般潔白的雙手上，凝聚了白銀色的微光，手中的水珠逐漸的凝聚成了水球。

她向前揮去，水波便沖散了那撞向自己的紅彩紙。但儘管兩人擋下了這次的攻擊，顯然的聖女一點也不想給予兩人喘息的空間。

協同攻擊的巨獸宛如潮水般兇猛的發起了猛攻，哪怕切斷了手臂用水沖散了一切！那些彩紙依舊能夠再次聚集起來，就如同不死怪物般再次滿血復活。匯聚成最初的模樣，眼見它們不間斷的再生，哪怕附上了靈氣的劍刃也無法徹底的斬斷它們。

眼見巨獸逐漸的逼近，若松護著身後自家的女媧。劍刃斬斷那不斷襲來的巨大手臂，可就以目前的狀況來講再如此狹窄的空間裡，面對著擁有不死之身的敵人要想勝過

對方，簡直就是癡人說夢。對此若松觀望了會巨獸，沒過多久便小聲的道：「妳？願意信我一次麼？」

「信？……當然了，怎會不信呢？」她疑惑的回應到。

緊接著，只聽見他輕聲喊道：「抓緊了，可不許妳鬆手」

當兩隻巨獸的拳頭同時落下的剎那間，他躍步而起直接跳上了那雙巨大的手臂。此時巨獸的身軀也彎曲了下來，緊接著趁虛而入將劍刺進了怪物巨大的眼珠子裡！

「小心點」她的細語悄悄傳道。

瞬間那頭由彩紙構成的巨獸變化為了一攤紙張，「不……？你怎知道！」聖女激動的怒吼著。

與此同時，另一頭巨獸也將巨大的拳頭揮向兩人！剩下散落一地的紅色彩紙全部都匯聚到了它的身上，這使它變得更加巨大。拳頭落在地上時甚至直接砸出了個大坑。

「你？……區區凡人，竟知我彩紙獸的弱點！？」

若松道：「區區凡人，又怎會去學這種無用的咒術呢？……」說罷，他再次揮劍擊退了那體型更加龐大的彩紙獸，硬生生的將人家手臂給卸了下來。

前朝之媧

「汝……最討厭如此骯髒的凡人了……」第六聖女低沉的嗓音，透露出了無盡的殺意。到此，怪獸的身軀逐漸的扭曲了起來，它的雙手雙腿化為了無數紅色驚滔駭浪俯衝而來！

聞此，若松怒狠狠的瞪著她喊道：「妳那身亮麗的紅衣上！究竟沾染了少無辜之人的血！」

「感受吧，我將讓你知道得罪我的下場！」聖女不斷的咆嘯著！憤怒似乎吞噬了她高雅的一面，她的面容逐漸猙獰，面紗之下雙瞳流出了一縷血。

緊接著她伸出了手！尖銳的指甲逐漸地發長，青筋爆起清晰可見。抓住了一旁紅衣群眾中的其中一人，將那人至於身前隨著蠱術咒語念出。猙獰的面容十分顯得十分扭曲，她的身軀逐漸化為黑，光澤的肌膚此刻宛若糙紙樣布滿細絲！

此刻她早以不是以人類姿態現身的聖女，而是一隻面容醜陋穿著聖女服飾的怪物。只見陰影下，那張血盆大口瞬間吞噬了那毫無意識的信徒，鮮血灑滿了她華麗的衣衫。

而那浪潮中的紅色彩紙，不再光滑也不再亮麗，而是逐漸的扭曲成了另一種模樣。上面開始展現出了無數張面

第八章

孔，由人血提煉出的赤紅血紙那些冤魂正在咆嘯著！在霧濛濛的血霧之中，只聞颯颯風聲直襲而來！

「小心！」眼見如此駭人的場面，女媧直接檔在了若松身前雙手一揮，那清流般的細水逐漸的交疊並編織。宛若藝術品般的水流層層纏繞，眨眼間的時間便化為了一道牆體攔下了那驚滔駭浪！

見此，若松驚訝道：「想不到？……妳可真藏了一手呢？」

面對自家的公子，頭一次這麼驚訝的女媧驕傲的交叉著雙手笑著。可隨後似乎意識到什麼似的，嬌羞的扭了下。

「哼……誰讓你這傢伙，總老愛守著我呢？……」宋研綺小聲的嘟嚷著。

若松道：「那還不是因為妳這傢伙，總惹人憐愛呢？」那溫柔的語氣，宛若一縷春風掠過了某人隱匿著的秋地，替那片略顯寒冷的區域帶來了溫暖。

聞此她羞紅了臉，語氣更是怯弱了起來。「……你還真是如往常一樣呢，盡是說這些話。」

他道：「當然了誰讓妳愛聽呢？……」，她道：「若……

前朝之媧

我說我不愛聽呢？」

　　若松伸出了手，輕輕地撥弄了她那遮攔住臉龐的一縷秀髮，貼近身將所愛之人抱入懷中。「假若妳真不愛聽，那麼我就想盡一切辦法哄妳開心。」

　　她道：「那麼？要是……我不滿足呢？」

　　「那麼，我就將天上的星星摘下來贈與給妳？」語氣十分的平順，彷彿胸有成竹似難以比喻的信心，總會令人不禁的產生足以依靠的感覺。

　　而她則撒嬌似的自己跌進了對方的懷裡，「如果……我連天上的星星都不想要呢？……」

　　「那我便將世間所有可見之物都奪來獻給妳。」言此，纏綿擁吻，那浮動穩且躁動的心此刻得到了釋放，並貪婪的佔據了彼此的唇間。

　　一小段時間過後，兩人走出了那巷子，只見街道上那迷茫滿目的人群早已散去。絲毫不見任何身穿紅衣的信徒，看上去那些人全都離開了，街道上恢復成了最初的模樣，就像是什麼也沒發生似的，詭異的氣氛逐漸湧上心頭。

　　「都……消失了麼？」宋研綺左看右看的，似乎討了

第八章

個無趣略顯著失望。

若松道：「或許吧，那種東西……還是少接觸的好，見了就令人感到厭惡呢……」說著說著，若松便拉起了自家女媧的手，回到了街道上並走入了雜亂的人群裡。

宋研綺道：「為什麼？」

若松道：「也許我並不討厭宗教，不過我實在是無法接受它們。」邊講邊走著著，若松的腳步絲毫沒有怠慢，平穩且沉著的從經過那些曾膜拜過聖女的人。直到穿越了人群離開了這條滿是人潮的街道，後若松才放慢了腳步。

「不過，恐怕那些被人們稱作聖女的東西面紗下是，卻是背負多條罪孽的邪物吧！」

聽此只見女媧一臉疑惑的問道：「嗯？……這是什麼意思。」呆萌的模樣就好似孩子似的，歪著頭。

「她些紅衣裳，是用活人所流出的鮮血染製而成的，就如同那些鮮豔的紅彩紙一樣。」說著，若松便牽起了自家女媧的手繼續走了起來。

宋研綺道：「你……今天怎老愛牽著我的手走路呢？……」，她的聲音十分的細膩，就宛如棉花般。

若松道：「嗯？……妳不也總老愛讓我牽著呢？」

宋研綺道：「不過，我們真能放下那些奇怪的傢伙就這樣走了麼？」回頭望了眼遠去的街道，她略顯露出了些許的猶豫，察覺到了身旁佳人的不對。

若松用著一副毫不在意的語氣溫柔的說道：「事情總會解決的，少擔心了……」語畢，一根手指輕輕的戳了戳少女那可愛的小臉蛋，使那如瓷般的肌膚輕輕的凹陷了點。

「況且愛擔心別人的人，才是總最讓人擔心的不是嗎？」他的語氣十分的溫和，語氣中參雜了些許曖昧，卻又顯露出了不捨的神情。好似時間停止般，宛若剩下溫暖的晚霞，恍惚間空氣裡莫名的多出了幾分甜膩的香氣。

身穿紅衣者，彼此間總是離不開那恍惚令人安心的霧氣。傳聞在遙遠的東方地區，有一種朱紅色的艷麗之花，芬芳馥郁能夠深深地使人著迷。

哪怕十里之外都能品到那十里飄香的香氣，這種珍貴稀少的朱紅花只需經過加熱。無須多時，便能使人體會到那如此國香天色般的曼妙！讓人沁人心脾隨後感受到極致的愉悅。而紅衣教主傳聞曾在東方修行數年，在那他發掘出了朱火的曼妙與奧義。他帶著無比的幸福，朝著人們分

第八章

享了那份使人感到歡樂，也能使人風平浪靜的美妙朱紅。

「信徒們，聖女將此賦予憐憫！」

「給予我們無盡的愉悅呀！」

「給予我們，評定且毫無顧慮的信仰！」

穿著紅衣祭司袍的使者如此的喊著，他那好似瘋癲的神情，搖晃著脆弱的的身軀高傲的吶喊著！語氣中，透露出了那份無比異常的狂熱，同時使者的吶喊也引來了信徒們的一陣喝采。與此同時，聖女從身後的轎中踏出，她那優雅的身姿宛若天使，輕盈美麗步伐令人著迷。

她紅衣上那金色的圖騰，伴著晚霞的照耀顯得十分的耀眼，身旁的使者卑微的俯下身。為此獻上了一個充滿真誠的行禮，聖女不以為意的從那人身旁經過。只見她臉上掛著笑意，繞開了使者的走到他身後面對著眾多的信徒。

她輕輕的揮著手道：「紅塵一縷呀……朱火的光芒，汝願為你而賦予烈火……」接著，一股朱紅色的迷霧再次瀰漫了起來，金色的圖騰閃閃發光，而教義中的火光帶來了希望。

「汝等，終將受到朱紅烈火的祝福，我以聖女之名代

前朝之媧

表烈火賦予憐憫與祝福。」那語氣十分的緩和，卻又透露出了一絲的不悅，不出數秒那些迷霧便將眾多信徒吞噬了。

傳聞吸食過紅衣教朱火之人，將能傾聽自己心聲，並將自己奉獻給無上的朱紅烈火。就在此時漫天的紅色彩紙宛若溫柔的細火，帶給那些信仰紅衣主教的信眾希望。

「所以……那些傢伙會用一種名為朱紅的致幻劑控制信眾？……」，宋研綺疑惑歪了歪自己的小腦袋。

若松道：「是的，包含紅衣教的使者和使士，都只不過是吸食到了那種東西而被控制罷了。」

「那？……有沒有什麼方法，可以幫助到他們呢？」

她依靠著他的身體，好似撒嬌又好似苦惱的？不停地戳著若松的胸膛，而後者則是輕輕的拉住了，她那不安分的小手。此時，兩人正身處於一套雅房中，那是一間簡易的客棧，窗外不時略過的微風與舒適的床鋪。

對此，若松端著下巴思索了會後道：「也許……我們如今並沒有任何方法，沒有辦法幫助那些人們。」

「但總會有辦法的，此刻只要有妳與我相伴，那麼我便已知足了。」

第八章

此時天色也逐漸的轉入黑夜，晚霞正在緩緩地離去。

枕邊人撩入心裡的話語，深入彼此心裡那溫柔輕盈的耳語。令人無法自拔的沉浸於其中恍惚間就沉溺在了裡面，纏綿著傾訴著那無數傾訴的情意。

微風輕輕地吹過了窗，俏然的看見了彼此相擁的兩人。他牽著她的手，緊接著彼此的身子，今晚的夜裡透露出了一股涼意。而正伴著這股涼那意熾熱的心正顯得無比貪婪，一點點的奪去彼此發洩著心中無數情語！哪怕是夜裡的涼風也無法抑制那份溫熱。

隨著體溫的身高，汗珠一點點的流了出來……隨著彼此的接觸哪怕是汗水也重疊到了一起。相擁彼此，佔據彼此，兩人間的交流替這寧靜的夜，告來了些許的呻吟與喘息。

楚夢雲雨的情感，風調弄月的情慾，此刻兩者交錯在了一起編織成了一縷絲。此刻哪怕夜空上的北極星，都無可避免的收斂起了光芒，並隱匿至黑夜裡。

平穩的床鋪晃動著，幽暗的燭火微微的照著那相愛之人，兩人注視著彼此的目光心中有無數的話語。此刻毋需多言，他按耐著心中無處宣洩的情慾，傾瀉釋放而出。她

接收了那份情感，並給予了回覆、纏繞著。那略帶欣賞的眼神，不聽話的自己順從情慾驅使，此時連夜裡的嘯鶇都不禁的羞起了臉。纏繞著的舌尖，歡愉之聲傳進了夜裡嘯鶇的耳邊，悶熱的身體清澈的汗珠從頸部緩緩滑落。流向了彼此交流匯聚之處，不知過多久兩人依然纏緊著彼此。

　　月已掛起，天空中明亮的星星也綻放了起來。此刻歡愉之樂已然深入彼此心中，令此無法自拔的享於其中。　本該靜悄悄的情話此時已然成了枕邊低語，無須遮掩坦然而出，如此歡愉的夜注定漫長。

　　而那處於月下的嘯鶇輕輕地展開了翅膀，避開了兩人那魚水之歡的池子。嘯鶇飛向了夜裡開始了屬於自己的狩獵，牠先是叼起了一條細小的小魚？隨後勻了口清澈的河水飛向了另一處，叼起了河水中的小蝦。

　　然而這對牠而言遠遠是不夠的，隨著姿勢更換。一隻悠悠從旁經過的小紅娘成了牠的盤中餐，只見牠心急的將鳥喙深入水中。迅速的叼起了那小紅娘一點點的蠶食著，至此嘯鶇略為喜悅的喘了聲啊嘶哈嘶的笑著！

　　稍作休息後牠便再次行動了起來，於夜空裡飛翔伴著星輝。此時牠看上了一條大魚，這一次那鳥喙更加的迅猛，

使出更大的力去叼起了那條稍大點的小魚！而這次牠將靜靜地享用著，這得來不易的大魚，也許牠略顯滿足？又或許牠此時想靜靜地享受著。

此時既貪婪的吞食著，卻又緩緩地顫著一點點將魚嚥下。最終牠吞下了那條魚，並滿足了蹭了蹭身子，回味起了那條魚的美味。首次的纏綿持續延續到了燭火熄滅之時，依舊無法滿足那份強烈的情感。

當寂寞的乾柴碰上了熊熊的烈火時，燃燒正旺的火焰將時刻無法停息。即使早已夜深，直至燭光的消逝，那無光的火焰依然悄悄的燃燒著，在幽靜的漆黑中灼燒直至燃盡。

「……往後的餘生，我想永遠的守護妳」，「……傻子」，「總是……說些什麼呢？……」

宛若寧靜的靜止世界，空氣安靜了起來，此時兩人依舊緊緊的相擁著。心總是相連的，聯繫著戀情的紅色線是月老贈與戀人的禮物。

「晚安……」

前朝之媧

第八章

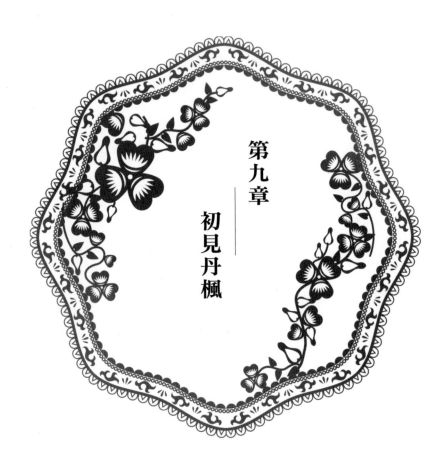

第九章

初見丹楓

前朝之媧

次日清晨，鳥鳴聲低鳴的叫喊著，那一縷溫柔的陽光照進了房內，溫暖的照亮昏昏欲睡的戀人。踏著一陣不快又不慢的步伐，噔噔聲逐漸靠近了雅房，緊接著一陣急速的敲門聲席捲而來！

　　「呀！這位客人，您的早點已安排妥善趕緊起床用膳吧！客官呀！」

　　店內小二的叫喊聲有如震耳欲聾般，直接驚醒了睡夢中的女媧，她瞪著眼望著天花板，此刻若是那位店小二的聲音在稍大點，恐怕等待著他的便是來自於女媧的怒火了呀！

　　「你……找死……？」正當那女媧準備發怒之時，恰巧此時一根手指輕輕地停在了她的唇前。

　　若松道：「沒事，妳就別怪罪人家了，既然起的如此之早，想必他也是辛苦之人吧？」

　　說罷，一個輕輕的吻停在了她的額間，那股暖流瞬間平靜了她那躁動的情緒。他站起身，衣服穿戴的十分的整齊，似乎也是稍早就起床了。

　　若松道：「稍等會，待我們稍作修整後便下樓用膳，

第九章

到時還麻煩您了。」聞此，門外的敲門聲嘎然而止，伴隨著一陣腳步聲後便再無此音。

「哼……怎對那傢伙如此溫柔？……」，似乎略顯不滿的女媧嘟著小嘴，把臉埋進了被子裡。望著自家的女媧，若松俏俏的笑了聲道：「總這樣，還真是有趣的小傢伙呢？」

「你也不是總那樣麼？……」，她略為紅暈的嘟囊著。片刻過後，只見女媧輕輕的梳理著自己的秀髮，短暫的整理後兩人一同下了樓。

這是一間十分簡單的客棧樓下只有個櫃台，小桌上已然擺滿了奶色糕點。而那陶瓷製的茶壺內則裝滿了茶水，近乎就快把小桌給擠滿了。

「呀……糕點……！」只見那女媧用著迅雷不及掩耳之速，眨眼間便直接端坐到了桌旁的椅子上！眼見一早便能吃到甜膩的糕點，可見那女媧平靜的臉轉眼間眉開眼笑的，彷彿數日未食整個餓極了。

回過頭來若松望著女媧原本的位子，再望著前方那端坐姿態十分標準的姑娘。

若松道：「妳……還真是喜好甜品呢？……」

前朝之媧

當他來到桌旁拉著張椅子坐下後，只見那本應擺滿糕點的小盤，此時卻早已剩下一半。

「果然，甜食最棒了呀！……」可見那女媧臉頰吃的都鼓了個小丘。

對此若松小聲的吐槽道：「世間紅塵亂初心，甘願眼前女媧為夢中人……」，說罷便喝了口茶水。

宋研綺道：「不過……你怎總是不愛吃點東西麼？沒胃口？」她停下手中的動作歪著頭望著他。

若松思索了會，將手肘貼到了桌上支撐著自己的臉道：「這也許只是因為？我喜歡看著妳吃飯吧？」

宋研綺道：「怎麼？……有著欣賞別人吃東西的奇怪癖好麼？」

若松輕笑道：「呵呵，什麼可能？……」對此她疑惑道：「那麼？又是什麼？」

只見他坐起了身，用著曖昧的眼神緩緩說道：「我就喜歡，欣賞妳那嬌巧愛吃的模樣如何呢？……」

而就在此時，若松也伸出了手拿了塊糕點，將它送入

第九章

口中品嚐。

　　聞此那女媧的臉又紅的跟顆水蜜桃似的，她小聲碎念道：「這傢伙大清早的就吃錯藥了？……」

　　似乎是聽見了女媧那細小的碎念聲，若松笑道：「我才沒吃錯藥，一直都這樣，挺清醒的。」

　　聞此，就連如此喃喃細語都足以被察覺！

　　宋研綺站起身喊道：「這？這你也能聽到，你是鬼吧！」

　　若松道：「何止鬼，我願化為象塵埃與妳相伴呢？」

　　說著說著，若松又伸出手抓了塊糕一口吞了，配了口茶水滿足的瞇起了眼。然而正在此時，不知為何他感受到了一縷細微的妖氣？只見那女媧彷彿怒髮衝冠似的細髮都飄了起來！

　　她奮力地拍了下桌子，吶喊道：「你……吃了我最後一塊小糕點！……」

　　看到如此殺氣騰騰的場面，哪怕是見過世間萬物世面的若松，也不禁顫起了身子。見此，宋研綺更加氣憤地又

拍了下桌子，此次力道如此之大，更是直接將桌子給拍離了原位！

「這……不至於吧？這……莫非，我們間的關係不如那糕點不成！……要滅口！」

若松直接從椅上蹦起，整個人躲到了那椅背後，顯露出了一副楚楚可憐的模樣！此刻他看上去就像是隻人畜無害的小狗似的，但很顯然的那女媧並不吃奶狗這一套。

下一秒只聞一聲巨響！碰、那木桌瞬間被擊飛數米！只見剎那間，木桌狠狠的撞上了牆，整張桌解體成了無數殘枝！

此時只見那小二滿臉驚恐地喊道：「我的桌！我的店呀！……」

面對生命垂危的人生大事，若松直接逃離了那本用來藏身的小椅。只見下一秒那椅子卻落得木桌相同場面，隨著又一聲宏亮的碰撞聲！可見那椅子瞬間解體成了無數渣渣，就連那牆都給人砸凹了！

「小二，買單呀！……」只見若松慌忙著掏出銅錢，捧頭鼠竄的朝著小二奔去。

第九章

面對如此危險的兩人盡直的朝自己襲來，小二邊跑邊哭喊道：「公子！別啊！萬萬不可！小的還想活呀！」

　　面對如此倉皇逃竄的兩人，此刻女媧宛若情緒來到了臨界點！她怒氣衝衝的怒吼道：「呀！……你……夠了去死！」

　　頓時，宛若空氣凝結，宛若時間停頓，剎那間若松被抓住了身子。那股力道直接將他狠狠地拉倒在地，緊接著一頓淒厲鬼哭狼嚎的悲慘喊叫聲！所幸此時，時間尚早此淒涼的悲鳴聲，並沒有驚嚇於任何途經此處的平民百姓。

　　片刻後，只見那小二癱軟雙腿顫抖著握著手中的銀粒道：「公子，你兩……關係可真如此。」

　　「簡直令人驚心膽戰！」小二喘著粗氣隨後喊道：「小的實在難以承受如此驚悚的場面！」

　　與此同時，可見那女媧雙拳上彷彿正冒著一縷煙！

　　而若松癱倒在地上臉上則滿是拳硬。

　　不知是經歷了何等難以想像之事，店小二奮力地喊道：「公子！……別死呀！我還得開門做生意呀！」

聞此，宋研綺冷冷說道：「閉上嘴，否則，連你也照揍。」言語中絲毫沒透露出一絲溫度，宛若冰冷的殺戮機械般！她高傲的身姿踐踏著弱者，只見那癱倒在地無助掙扎著的若松顫抖了會。

　　「還敢？吃我糕點來著？……」那嗓音語氣逐漸的加重，鞋跟一點點的踩著若松的身軀。

　　只見那若松虛弱的吟了聲道：「嗚……奴才之錯了，皇上……懇請皇上饒命呀……」

　　緊接著，又是一個踐踏，女媧那纖細的腿踏出無比之大的力！的若松整個人都抖了下，「啊！……」只見那若松面目猙獰！顫抖著雙手顯得無比的無助！

　　此刻，原本平淡的客棧如今宛如刑場般，可見一名女媧狠狠的踐踏在若松的身子上。而他卻毫無抵抗能力的被踩踏著，宛若一段淒涼悲哀的故事，迎接著他的又是何等的酷刑呢！？

　　片刻後，只聞那客棧內傳出如殺豬般聲般犀利的叫聲，而途經於此的路人還以為有貴客入宿。這客棧正在現宰牲畜準備宴請呢，然而事實卻並非如此，而是女媧正在教訓自家的若松罷了。

第九章

良久稍後，兩人一前一後從客棧中走出，若松滿臉狼狽猶如喪家犬般頹廢。而後者則略帶姨母笑，得意的看著眼前自己教育的成果。

　　只聞她興喜的問道：「呀～你説説，誰是世上最棒的女媧呀～」

　　若松長嘆一口氣，委屈地回覆道：「是您，我美麗的主子……」

　　「嗯對你説的挺好的，往後我便是你的主子了，開心麼……」

　　「哈哈哈哈哈……」

　　望著彷彿經歷了一夜，便直接脫胎換骨的女媧。若松腦中不禁的浮現起最初見面的那剎那，莫非？這傢伙有雙重人格不成？然後自己那晚直接激發了她那副十分S的人格？如此思索著，若松扶著下巴望著了眼身後的女媧。不……？也許自家的女媧，打從一開始就不正常。

　　「不過……夫君你説説，咱倆今日要去哪才好呢？總不能老逛市集吧，沒啥好東西。」説著，她便囉起了他的臂膀，好似剛才那齣鬧劇從未發生似的。

前朝之嫵

眼見自家的女媧似乎玩鬧夠了，若松也視趣的回道：「今日……要不？我們去漂亮點的地方走走吧！」

　　「那？要上哪去呢？」，她開心的貼緊著身子，拉近彼此間的距離。

　　若松道：「誰知道呢？……，世間上總有著無數的美景。」

　　秋季的到來總是略帶著清涼的微風，即使它正緩緩地吹開春與夏的故事。但涼爽的秋季總會替人們帶來全新的世界，人世間春夏秋冬四季交替著，形成了諸多不同的景色。也許那片葉子在春季時是嫩綠，在夏季時是深綠，而入秋後則是淡漠的枯黃。

　　儘管逐漸枯萎但它卻總能引來人們的目光，美從來都不論顏色。也許上個季節這棵樹只是普通不過的綠樹，可當對的季節到來時。它總會換上一身漂亮的衣裳，去迎接屬於自己的季節。就好似人，總會遇見屬於自己的風光時刻，無需過多期待只需耐心靜候。

　　略為枯色的秋風落葉裡，有一種火紅的丹楓會以最美的型態去迎接秋季。也許別的葉子正帶著一絲遺憾地回到大地上，它旋轉著，輕輕地跳著優雅的舞步。

第九章

可楓葉則是宛如壓軸般，換上了那華麗的禮服，那丹楓不僅甜也十分的高雅。此刻在這條小徑上秋天是十分火紅的，路旁兩側的楓樹落下了它那低調又美麗的羽翼。

　　他和她靜悄悄的的來到了這片小秘境，帶入了兩件衣裳一件白一件黑，此時紅葉如醉宛若一片曼妙的海洋般，那一片紅海遮住了半片天，遮掩了老天爺替兩人準備了一個完美的世界。只見那霞光牽著手的楓葉，就如同兩人緊緊相依著，瞧瞧那紅著像火焰般的楓葉，令人感到暖心。

　　若松道：「妳瞧瞧這裡漂亮麼？這是我清晨起床和小二打聽來的。」一陣風緩緩地吹過，許多的葉子紛紛被秋風吹下，漂在空中的葉子如紅色蝴蝶般飛舞。

　　宋研綺道：「你今日……起的如此之早，就是為了這？」

　　若松道：「那當然了，不然怎帶妳出來閒晃呢？」

　　跨過了幾個磨損凹凸不平的台階後，若松牽著她的手拐進了一旁的小縫裡。眼見自己莫名其妙就被拉向了道路旁的一個小山縫裡。

　　宋研綺滿臉困惑的問道：「這……？你難不成上輩子

前朝之媧

是老鼠不成。」

「突然鑽這種小縫幹啥……早上起來和小二一起吃錯藥了？」

對此若松有些無語的回道：「別急，待會妳就知曉了……」

説罷，兩人已然踏入了一個絕妙的秘境，此處雖説僅有一個小圈子的範圍？此處周圍都是高聳的岩壁可見藤蔓從高處往下垂掛，這狹小的空間中央豎立著一顆漂亮的楓樹。耀眼的陽光灑在了那顆古老的大樹上，照亮了它那美麗的枝葉！樹下有著一張岩桌和岩椅，雖説看上去像是許久無人打理似的，上面正撒滿了許多剛落下的楓葉。

而這隱密的小地方隔絕了，那來自於外界的鳥鳴聲，此刻此處顯得十分的寧靜。如果説外頭那條小路是繁華熱鬧的街道，那是個屬於年輕情侶的幽會地點。那麼此刻這個小圈子則是屬於兩人的專屬閨房，那棵樹上掛著一條粗壯的繩。

而繩上捆著許多條白布，顯得格外的有儀式感。

見此，她開心的出了聲：「哇」，只見那女媧開心的

第九章

拉著若松的手，笑的像是個甜蜜的水蜜桃。

宋研綺道：「你……你你竟然這麼有心！想不到，我家的夫君終於有用了！」

若松道：「聽小二聞言，此處有著一顆神木聽説挺美的，鮮少有人知道這秘境，妳覺得呢？」

宋研綺道：「這地方……？怎連個客棧小二都知，莫非這秘境萬人打卡過？」

若松道：「嗯……那店小二確實説過，這裡挺受歡迎的？」

聞此，宋研綺翻了個白眼嘆道：「你……可把我那最初的那份感動還來呀……」

似乎發現自己似乎説錯了什麼，若松尷尬地笑著騷著自己的腦瓜子。若松道：「這……除去這點小事，這地方也挺不錯的不是麼？」

至此，只見那遭脾氣的女媧又一個小拳拳捶了過來！不過這是卻顯得格外的溫柔，輕輕的捶在了胸口上。而那雙小手的主人則嘟著嘴，雙手交叉抱著身子整個人轉了過去，用著背面對著若松。

「哼……我還以為你今天有多細心呢，原來都是讓別人給你安排的麼？」

她撇著頭不悅的嘟嚷道，若松頓時陷入困惑裡。一臉矇的望著自家的女媧耍著小性子，鬧著小脾氣一時慌張了起來！？

只見他結結巴巴道：「這……這……要不……下次，我們一起探險？……」就宛若看似完美的文武將軍，竟在情場上敗給個女媧似！看上去詩文所學的情言情語呀，並非無所不能的。若松苦惱的手舞足蹈了起來，慌了個神弄得自己像是無頭蒼蠅似的！此刻彷彿間所有書籍的橋段浮現於腦海中，「這……？究竟如何是好呀！」

「你是沒哄過女孩子？沒談過戀愛麼？……」眼見夫君許久未有反應，她疑惑的問道。

緊接著整個女媧都轉了過來，皺起了眉頭喊道：「莫非，你想來個一夜情不成？」

聞此若松更慌了，趕緊回道：「不不不，我！……我怎敢呢！」

對此宋研綺加重了語氣道：「所以……堂堂護國大將，

拿我這姑娘沒轍？」

面對枕邊人的嚴厲詢問，只見那若松扭扭捏捏的回道：「嗯……，也許？我從未接觸過女人。」下一刻就彷彿說了啥羞恥之事般，直接讓這位將軍羞的把臉都給遮了。

「你……你這……呵呵！哈哈哈哈！……想不到，你你可真是個小孩子呢！」看見若松如做錯事的孩子般，第一次露出手足無措單純又害羞的模樣，她笑了，而且笑得挺開心的。

對此若松小聲碎念道：「難道……妳就？有很多任？」

宋研綺依然嗤笑著回道：「怎麼可能，堂堂一國公主哪有機會戀愛呀！」

聽到怎可能時若松深深的鬆了口氣，淡淡的回道：「既然如此……妳笑什麼呢……」

她道：「呵呵，誰讓妳剛才那麼可愛昂？……就宛若個做錯事的孩子似的」

他道：「誰……如孩子似的，妳才孩子呢！」若松憤憤的發起了抵抗，用手輕輕地彈了下女挖的額間。

前朝之媧

「啊！……你……學壞了不成！」被彈了下小腦袋的女媧，疼的搗著自己的額間。

若松道：「誰讓妳欺負我呢，壞孩子」

聞此，女媧毫不客氣的彈了回去！並回道：「你……才壞孩子呢！」

「不，我可是文武雙全的將軍怎會是小孩呢！呵呵那我就是貌美如仙的公主呀！怎會是孩兒呢？」言此，兩人在那神樹下嬉鬧了起來，敲敲打打的宛若兩個小孩子。

就似乎回到了數年前曾是孩子的時光，小朋友總愛打打鬧鬧的。玩著樹葉互相扔幾下也能樂的開心，那種感覺就好似回到了從前。那處於課堂中天真無邪的時光，令人無比懷念的過往。宛若心智不成熟的小朋友似的，兩人追追趕趕的，讓地上的楓葉也隨之飛舞了起來。

兒時，不論是誰追趕著誰，那都是足以讓人歡笑出聲的往事。也許？有些甜，也許這十分幼稚，不論如何那快樂是孩兒天真無邪的一面。但唯有一事不可否認，我們都曾經歷過如此往事。

在兩人歡笑的鬧了幾下後，她道：「那麼……你是真

第九章

願意讓我做你的女媧嗎？……」那語氣十分的渺小，就像是在期盼著某種答覆，卻同時也顯得十分害怕失望。

望著眼前的傻女媧，若松溫柔的說道：「妳打從一開始，便是我的女媧了。」

宋研綺道：「你還是我熟悉的夫君呢！」若松道：「莫非我還會分身術不成？……」他牽起了她，兩人再次的相擁在一起，此時那秋風也識趣的吹來了一縷清風。那火紅的楓葉形成了紅焰的火雨，輕輕的散落在兩人身上。

「不過……這下妳可分心了哦，讓我給逮到了。」若松壞笑著，抓緊了身前嬌小的女媧。

剎那間，她感覺到了一股力正拉著自己驚慌道：「你……！」

下一刻兩人一個傾倒，隨著樹葉發出了唰的一聲！兩人一同摔在了的楓葉堆上，那些剛落下的火紅楓葉此刻就宛若床鋪般。溫柔地接住了這對調皮的情侶。

「呵呵……好久沒有像是小孩一樣玩鬧了。」

「你這傢伙，還真是幼稚的跟孩子似的。」

此時陽光透過楓葉照射到兩人身旁，不知何時已過了許久，那午後的陽光顯得十分的溫暖。

沒有早晨的清涼，也沒有午時的炎熱，而是一種令人感到溫暖的微光。楓葉的香氣飄散在空中，那似甜似涼又溫和的楓香令人感到放鬆，她輕輕地靠在了他的肩上。

眼見她的眼睛逐漸瞇起，若松輕聲道：「累了？……」只見她拉緊了自己的衣袖捲縮了身子。靜靜的傾躺在他的身上，溫暖的陽光輕輕地照在她的臉龐上。瞧瞧她那完美無瑕的小臉蛋，那可愛的樣子瞬間就讓若松破了防！

不忍吵醒她的仰著頭望著眼前的楓樹，或許？……稍作休息吧。

暖合的溫度，很快就將兩人帶入了那輕盈的夢境，他回到了一個混沌的地方，而她回到了宮廷。

在那充滿著各式昂貴飾物的房裡，宋研綺獨自一人彈著那琴弦。那鑲著金框金架的桐木琴傳出了優美的旋律，對於公主而言學會這些也許是基本的？可此時的她在夢境裡，此刻身旁沒有以往那些僕人及琴師。

若是為此弦注入了情感，遙遠的星星是否會與之共鳴

第九章

呢？黑夜下的房內數根燭火照亮了琴房，燈火搖曳著跩滿了幾分情。

弦聲中就好似暗藏著某種情緒，那種情感令這曲琴聲更加的優美，為何？她會為此而彈的那麼用心呢？隨著優美的琴曲進入了中段，房外下起了綿綿的細雨，略為喧譁的與聲與琴弦合奏了起來。

她那彷彿天意般的弦聲不斷的演奏著，即使身前沒有譜曲，這首琴曲扔不停的變化著。於此雅興則為反之，若將軍的夢境裡顯得十分的沉悶。

那一晚，風雨交錯營帳內，只見數名身著黑錦衣的侍衛待命於此。只待將軍審閱桌井上的奉文，那是一種只顯於火上的加密精文。他伸出了手，將那捲軸書放置於火上，灼熱的火焰照射出淺藏的文字。

「將軍大人，這是使所送上的密文。」若松看著那份文，神定自若地將它至於火中焚毀。

在那一夜裡，寧靜的宅府遭人闖入，侍衛拔劍相迎紛紛殞死。錦衣衛解決了那些攔路的侍衛，廣闊的庭院裡，那刀與劍碰撞的擦嘶聲。

前朝之媧

「一群朝廷的走狗！」殘餘侍衛怒吼著，望著身旁倒下的同伴，他的眼神中充斥著無盡怒火。

那些紅衣侍衛，披著豔紅的大衣，肩上繡著火焰印記，如此精細的妝容。在這場突襲戰中毫無任何作用，只見黑衣人中，走出了一位樣貌清秀的公子。他眼神冷淡地望著身前的侍衛，手中的劍刃毫不留情地斬下。

「官免堂皇的醜陋組織，還敢說此言？」

而就在此時，宅邸的大門被用力地推了開來，咚了聲撞到牆上。穿紅衣袍的面具人走了出來，身後跟著似蟲似獸的怪物。

那沙啞的聲從面具後傳來，他道：「將軍大人？勞駕了……」似哭似笑的面具下，那穿著酷似神官的道人竊笑著。

身旁的兩頭怪物站到了他的身前，伸出了那截肢蟲的雙手，上面佈滿著尖刺。兩者皆披金甲白衣，毫無面容的腦袋上，掛著耀眼的金圈。

「我的孩子很久沒有見過客人了，將軍您願意與我的孩兒玩樂麼？」言此，那兩頭沒臉的怪物逐漸地向前逼近，

第九章

他們的身軀如蟲般，可見節節的身體。向後彎曲像是螳螂般的雙腿，沉重的步伐就好似披著重甲的士兵。

若松回道：「我可對這種噁心的昆蟲，一點興趣都沒有。」說罷，數枚箭矢射向了那挺前而進的怪物。嚓嚓聲聲響後，只見它們依然毫髮無傷。

「這是什麼鬼東西……」正當放箭者震驚之餘。剩下的侍衛蜂擁而上，頓時間刀械，起爆咒符，各類暗器輪流攻向了那東西。鐵製的刀刃在怪物的甲殼面前毫無作用，甚至連劃痕都無法留下。咒術符所引起的小爆炸，更是擾癢癢，暗器那就更不用說了！

見攻擊停止了，那頭怪物也伸出了詭異的手，用著上面的倒刺劃過數名錦衣衛。尖銳的倒刺貫穿了錦衣衛的布甲黑衣，鮮紅的的血濺在了花圃上。與此同時！無臉怪物發出了鳴響！那響聲從地頸下的鰓中響徹。

錦衣衛驚道：「怪物！……」於此同時，一陣暈眩感襲來！

再次回過神來，身旁早已沒了往日那些硝塵。

溫暖的午後陽光，樹葉輕輕的落到了眼上。他輕輕的

前朝之媧

將樹葉撥開，揉了揉眼身旁的心上人正依靠著自己。喃喃自語著逐漸爬起身，他輕輕撥動烏黑的秀髮。

「嗯？……有些事，還是記不得的好呢……」

「總之一切都過去了」

「往事一概不提了吧？」

第九章

國家圖書館出版品預行編目資料

前朝之媧 / 莊惟傑著. -- 初版. -- 臺北市：博客思出版事業網, 2023.12

面；　公分

ISBN 978-986-0762-57-0(平裝)

857.7　112009963

現代小說8

前朝之媧

作　　者：莊惟傑
主　　編：盧瑞容
編　　輯：陳勁宏、楊容容
美　　編：陳勁宏
校　　對：楊容容、古佳雯
封　　面：陳勁宏
出　　版：博客思出版事業網
地　　址：臺北市中正區重慶南路1段121號8樓之14
電　　話：（02）2331-1675 或 （02）2331-1691
傳　　真：（02）2382-6225
E - MAIL ：books5w@gmail.com或books5w@yahoo.com.tw
網路書店：http://bookstv.com.tw
　　　　　https://www.pcstore.com.tw/yesbooks/
　　　　　https://shopee.tw/books5w
　　　　　博客來網路書店、博客思網路書店
　　　　　三民書局、金石堂書店
經　　銷：聯合發行股份有限公司
電　　話：（02）2917-8022　　傳真：（02）2915-7212
劃撥戶名：蘭臺出版社　　　　　帳號：18995335
香港代理：香港聯合零售有限公司
電　　話：（852）2150-2100　　傳真：（852）2356-0735
出版日期：2023年12月 初版
定　　價：新臺幣280元整（平裝）
ISBN：978-986-0762-57-0